AF215246

Band 18
Max Dauthenday
Das Märchenbriefbuch der heiligen Nächte

Max Dauthenday
Das Märchenbriefbuch der heiligen Nächte

Band 18
1.Auflage
TLK Taschenbuch - Literatur - Klassiker
Herausgeber Frank Weber, Marburg
Bibliografische Information der Deutschen Nationalbibliothek:
Die Deutsche Nationalbibliothek verzeichnet diese Publikation in der Deutschen
Nationalbibliografie; detaillierte bibliografische Daten sind im Internet abrufbar über
http://dnb.dnb.de
© 2019 Max Dauthenday
ISBN: 9783749480241
Herstellung und Verlag: BoD – Books on Demand, Norderstedt

Inhalt:

Max Dauthendey

Zum Buch:

Das Märchenbriefbuch ist der literarische Torso eines Versprechens, das der reisende Dichteronkel Max der kleinen Lore 1913 in Altona gab, nachdem sie ihn um ein selbstgeschriebenes Märchenbuch gebeten hatte. Schreiben konnte Dauthendey nur drei der zwölf Geschichten aus den heiligen Nächten, dann ereilte ihn der Tod, fern von der Heimat auf Java, interniert von den Engländern. Es sind drei bezaubernde Geschichten; die erste vom Beovogel, die zweite von einem Gott und einer weißen Schildkröte, mit der er zur Göttin des südlichen Meeres reist. Diese Göttin weist verblüffende Ähnlichkeit mit der geliebten Frau des Dichters auf. Wie im Leben trennt sich der Erzähler für eine Reise von ihr und wird sie nun auf dieser Erde nicht mehr wiederfinden. Und in der dritten Geschichte reitet er als blinder Sänger auf einem Wasserbüffel dorthin, wo man das Gras wachsen hören kann ...

Von den geplanten zwölf Märchen hat Max Dauthendey nur die drei vollenden können, die in diesem Bande nach dem hinterlassenen Manuskript des Dichters dargeboten werden.

Der Autor

Max Dauthendey, 1867 in Würzburg geboren, starb 1918, wegen des Ersten Weltkrieges an der Heimkehr gehindert, tropenkrank und interniert auf Java. Dauthendey war Lyriker und Erzähler, Dramatiker und Maler. Zunächst lebte er als freiberuflicher Schriftsteller Anfang der neunziger Jahre in Berlin, befreundete sich hier mit Richard Dehmel und Stefan George. Bald verbrachte er sein Leben mit zahlreichen Reisen in Europa und Amerika und auf ausgedehnten Weltreisen.
Brief an die kleine Lore in Altona in Deutschland

Geschrieben in Garoet im Javanerland am Weihnachtsabend 1915

Liebe Lore,

Du hast etwas Schreckliches angestellt, und Du weißt es gar nicht. Erinnerst Du Dich noch, wie Du vor Weihnachten 1913 mich mit Mutter vom Bahnhof in Altona abholtest? Weißt Du noch, was Du da gewünscht hast, als ich Dich fragte, was Du Dir zu Weihnachten bestellt hättest. Du sagtest: »Ich habe mir ein selbstgeschriebenes Märchenbuch von Ihnen bestellt.« – »Ja«, sagte Deine liebe Mutter, »Lore hat sich ausgedacht, von Ihnen ein eigens für sie geschriebenes Märchenbuch zu bekommen.« Ich fand das ein bißchen viel. Aber weil ich Besuchsonkel war, und weil Du so schöne braune, wilde Locken hast, und weil und weil und weil ich Deine lieben Eltern so gern habe wie Du, sagte ich: »ja, Lore soll das Märchenbuch bekommen.« Du freutest Dich und sagtest, als ich abreiste, mit Deinen lustigen Augen, die mich süß und dunkel wie zwei Stückchen Schokolade ansahen: »Vergiß mein Märchenbuch nicht!«

Es war leichtsinnig von mir, einem kleinen hartnäckigen Mädchen, wie Du bist, ein ganzes dickes Märchenbuch so schnell zu versprechen. Denn ich wußte ja gar nicht, wo ich Märchen herholen sollte. Nun sitze ich in der Patsche, und es ist nun das dritte Weihnachtsfest, daß Du auf Dein Märchenbuch wartest, und ich armer Mann habe Deines Märchenbuches wegen Heimat, Frau und Haus verlassen und habe ein Schiff genommen und bin drei Jahre lang draußen in Asien, in Indien gereist, dort, wo ganze Menschen wie aus Schokolade herumlaufen, und wo sie nicht nur Schokoladenaugen haben. Jeden Kaufmann habe ich gefragt hier draußen: »Sagen Sie mal, wo kauft man denn für Lore hier in Indien die Märchen, die berühmten? Es ist da ein kleines Mädchen mit wilden Locken in Altona zu Hause, dem hab ich törichterweise ein ganzes Märchenbuch versprochen. Wo bezieht man denn die? Allein deshalb bin ich doch mit dem großen Schiff, das so viele Wochen lang zwischen Wasser und Himmel auf und ab schaukelte, hierher zu den Schokoladeleuten gereist, um der kleinen braunen Lore Märchen, frische, gut ausgewachsene, aus den Palmenwäldern zu holen.«

»Ach was«, knurrten die Kaufleute, »Gummi von den Gummibäumen, Kakao vom Kakaobaum, Reis von den Reisähren, Bananen, Ananas und Zucker vom Zuckerrohr können Sie hier haben. Aber Märchen haben wir nicht auf Lager. Denn jetzt gibt es Eisenbahnen hier draußen, so wie zu Hause um Altona herum, und wo es Eisenbahnen gibt, da gibt es keine Märchen mehr. In der Kohlenluft und beim lauten Lärm der Räder und bei dem ewigen eiligen Wind, den die Bahnzüge machen, wachsen die Märchen nicht mehr gut. Und deshalb bekommt man sie nicht mehr. Sie kommen zu schlecht fort.«

»Aber«, sagte ich erschrocken, »ich bin doch nun auf dem Schiff, das mit den beiden großen Schornsteinen so viel rauchte, so weit gereist! Ich muß Märchen heimbringen.«

»Ja«, sagte da ein Kaufmann nachdenklich und strich sein glattrasiertes Kinn, »reisen Sie mal ins Menschenfresserland da hinten!« Und er schlug in die Luft, dorthin, wo die Sonne morgens aufgeht.

»Ach, Gott, soll ich noch weiterreisen?« seufzte ich müde und trocknete mir den Schweiß von der Stirn. Denn im Javanerland war es schon so heiß wie zu Hause im Badezimmer, wenn heiß Wasser aus der Wanne dampft und die Sonne am Fenster brennt und der Badeofen außerdem noch dick heiß ist.

»Ja«, meinte der glattrasierte Kaufmann, »wenn man kleinen deutschen Mädchen etwas versprochen hat, muß man es auch halten. Und wenn man es gar noch zur Zeit des Weihnachtsfestes versprochen hat, dann geht es einem ganz schlecht, wenn man es nicht hält.«

»Du lieber Gott«, seufzte ich, »so muß ich also ins Menschenfresserland reisen und der Lore dort Märchen holen! Aber wissen Sie auch gewiß, daß es dort Märchen gibt?«

»Nee«, gähnte der Kaufmann, den mein unvorteilhaftes Märchenverlangen langweilte, »nee, gewiß ist nur der Tod. Aber da es im Menschenfresserlande keine einzige Eisenbahn gibt, so werden wohl noch Märchen da sein!« Ich dankte und reiste also nach dem Lande der Menschenfresser.

Liebe Lore, weiß Du, was das heißen will, wenn man in ein Land reist, wo die bösen Menschen ihren Vater und ihre Mutter schlachten, wenn sie beide ganz mürbe geärgert haben? – Und sie schlachten morgens zum Kaffee kleine Kinder, die stippen sie in den Kaffee oder in die Schokolade, – das hatte der Herr gesagt, den ich eben gesprochen hatte, der mit dem glattrasierten Kinn. Und des Mittags schlachten sie Herren und des Abends zarte Damen, weil diese, beim Nachtmahl verzehrt, nicht so schwer im Magen liegen. Da ich also ein Herr bin, konnte ich nur des Mittags geschlachtet werden. Ich war aber schlau und dachte: ›Dann gehe ich mittags nie aus und schlafe im Menschenfresserland immer über Mittag, denn morgens und abends, wenn ich ausgehe, tun sie mir nichts.

Denn dann schlachten sie kleine Kinder und zarte Damen.‹ Es war aber alles Schwindel. Denn die Leute machen einem gar zu gern bang, wenn sie sehen, daß man allein reist und im fremden Lande nicht bekannt ist.

Im Menschenfresserland frißt man gar keine weißen Menschen mehr, wie Du und ich es sind, liebe Lore; Du kannst ruhig schlafen und sollst heute nacht nicht vom Menschenfressen träumen. Die Menschenfresser aßen nur Obst und Gemüse und Kartoffeln und taten keinem Menschen mehr was zuleide. Denn überall, wo ich hinkam, schämten sie sich bereits, daß sie einmal Menschenfresser gewesen sind, und sie wollten nicht mehr daran erinnert sein.

›Nun habe ich großes Glück‹, dachte ich bei mir. ›Nun kann ich auch abends und morgens dort spazieren gehen, da man gar nicht gefressen wird, und nun kann ich den ganzen Tag Märchen für Lore suchen, so wie man Schmetterlingen nachläuft.‹ Die Märchen stehen nämlich dort auf den großen grünen Blättern geschrieben, die am Palmenwaldrand wachsen, hatte man mir erzählt. Denn in den Wäldern dort wohnen Paradiesvögel; wenn die eine ihrer schönen hellgelben Schweiffedern verlieren und diese Feder dann auf ein Baumblatt fällt, so beginnt sie ganz von selbst Märchen zu schreiben, – weil es Paradiesfedern sind. Und die Ameisen bestreichen das Blatt mit Ameisensäure, und dann erscheint die Schrift der Paradiesvogelfeder tief eingeätzt im Blatt. Man pflückt das Blatt ab und liest das Märchen herunter. So hatte ich immer gehört, daß es die schokoladefarbenen Indier machen. Ich wollte es auch so machen. Die Blätter wollte ich pressen, bis ich ein ganzes Märchenbuch für Dich, liebe Lore, beisammen hätte.

Ach, ich dachte es mir so leicht. Und zu Weihnachten 1914 wollte ich schon wieder bei Dir in Altona ankommen und das Märchenbuch Deinen lieben Eltern geben, damit sie es Dir am Heiligen Abend unter dem Weihnachtsbaum mit allen Geschenken schön aufbauten.

Aber nie wird es im Leben, wie man es sich lebhaft vorstellt. Denn das Leben ist ja auch ein Märchen voll Zauberei, voll Verwandelungen, voll Wundern überall. Man weiß nie, wie das Leben einem sein Märchen weitererzählen will. Wenn man abends ermüdet das Ohr aufs Kissen legt, denkt sich das Leben in der Nacht eine neue Überraschung aus. Denn es weiß ganz genau, was man denkt; und damit es nicht langweilig wirkt, tut das Leben am nächsten Tag nie ganz genau so, wie man es sich am Abend beim Niederlegen vorausgedacht hat. Es tut immer was anderes, und das ist die große Kunst des Lebens, immer tags mehr Leben zu erfinden, als sich der Mensch abends ausdenken kann.

Seit ich aber von Altona und Deutschland abreiste, bist Du inzwischen drei Jahre älter geworden. Das macht mir den meisten Kummer. Denn nun, wenn ich Dir wirkliche Märchen heimbringe, liest Du sie vielleicht gar nicht mehr gern. Und dann liegt mein so schwer errungenes Märchenbuch bei der Katze im Winkel, und der Bücherwurm baut seine Gänge hinein, und das Buch zerfällt ungelesen in lauter kleine Schnitzel, vom Bücherwurm zerfressen.

Aber ich habe es versprochen und muß halten, was ich versprochen habe, – mehr muß ich nicht tun. Liest Du meine Märchen gar nicht mehr, und willst vielleicht lieber dann einen Roman von mir geschrieben haben, so ist das Deine Sache und nicht meine. Daß Du dann einen Roman bekommst, will ich nicht wieder voreilig versprechen. Denn heute, wo ich diesen Brief an Dich schreibe, habe ich noch nicht mal das Märchenbuch angefangen.

Ja, stelle Dir vor: auch im Menschenfresserland gab es keine Märchen mehr vorrätig an den Bäumen. Und warum? [...] Weil alle Paradiesvögel an der Küste weggeschossen waren und dort also keine Paradiesvogelfedern zwischen den Palmen herumfliegen konnten. Denn die Damen in Europa brauchten in Berlin, in Paris und in London so viel Paradiesvogelfedern für ihre Hüte und für ihre Abendfrisuren, daß keine einzige Feder im Land geblieben war, die ein Märchen hätte schreiben können. So erklärte mir mein Kapitän, dem ich bei Rückkehr an Bord des Dampfers mein Leid geklagt hatte.

Sehr niedergestimmt, wollte ich von der Neu-Guineaküste durch die Südsee in westlicher Richtung nach Hause. Ich sagte mir, daß die teure, gefährliche und unendlich weite Reise nun für die Katz gewesen sei. Nichts, liebe Lore, war dabei für ein Märchenbuch herauszubekommen. Ich war ganz schwermütig. [...]

Aber wie durfte ich vor Dich, liebe Lore, und Deinen Weihnachtsbaum in Altona mit leeren Händen hintreten, ohne das versprochene Märchenbuch! Da kam ein Unglück, das mir aber Glück brachte.

Der Krieg brach aus und traf mich noch unterwegs in der Südsee, und ich mußte im Javanerland aussteigen und bleiben. Denn die Engländer stellten allen Schiffen nach und führten die deutschen Reisenden von dort fort und setzten sie gefangen.

Ich blieb also im Javanerlande, wo ich nun zum zweiten Mal das Weihnachtsfest im Grünen feiern könnte, wenn mir das Spaß machen würde.

Denn hier im Javanerland gibt es keinen Schnee und keinen Winter. Es ist, wie im warmen Treibhaus, immer alles grün hier, das ganze Jahr hindurch.

Daß ich Dein Märchenbuch nicht vergessen habe, liebe Lore, das sollte Dir dieser meilenlange Brief auseinandersetzen. Und ich hoffe, daß ich, bis ich heimkommen darf, doch noch die Märchen erzählt bekommen habe, die ich Dir so gern mitbringen möchte.

Denn sieh, es ist mir gute Hoffnung in diesen Tagen geworden. In der Sankt-Nikolaus-Nacht ist mir Sankt Nikolaus im scharlachroten Gewand erschienen, und hinter ihm ging sein Knecht Ruprecht. Der hielt ein dickes Buch auf einem silbernen Teller. Dieses Buch schlug der heilige Nikolaus vor mir auf. Und denke Dir, es war ein mit roter Tinte geschriebenes dickes Märchenbuch, das er mir zeigte. Der heilige Nikolaus strich seinen langen weißen Bart und sagte sehr freundlich zu mir:

»Ich habe dich von zwölf deiner Freunde zu grüßen. Die zwölf haben dir vor einem Jahr deinen Kummer aus dem Gesicht abgelesen, als du nach Neu-Guinea gekommen warst, um Märchenblätter zu suchen, ohne sie aber an den Palmenbäumen zu finden. Und da du zu allen zwölf gastfreundlich, höflich und freundlich gewesen bist, wollen sie dir gern etwas Gutes erweisen. Denn Gutsein bringt Früchte. Dir bringt es zwölf Märchen.«

»Ach«, seufzte ich erleichtert im Schlaf, »lieber Sankt Nikolaus, darf ich das Buch für Lore gleich behalten?« Und ich griff voreilig nach dem mit roter Tinte geschriebenen Märchenbuch, das da vor mir auf der silbernen Platte lag, die der Knecht Ruprecht in den Händen hielt. Aber der Nikolaus klopfte mir mit seinem goldenen Bischofstab auf die Hand und sagte: »Finger weg! Es ist noch nicht Weihnachten. Bis zu den zwölf heiligen Nächten, die vom vierundzwanzigsten Dezember bis zum sechsten Januar, dem heiligen Dreikönigsfest, dauern, – bis dahin sollst du warten. Deine zwölf Freunde wollen in den heiligen Nächten, jeder einzeln, in jeder Nacht einer von ihnen, dich abholen, und dann sollst du mit jedem durch ein Märchen wandern.

Du mußt aber am Tage selbst niederschreiben, was du nachts erlebt hast. Denn Lore will es von dir geschrieben haben, das Buch, und von keinem andern. Dieses Märchenbuch hier aber bleibt im Himmel, im Bücherschrank der Kinder dort. Dieses Buch kommt nur durch dich auf die Erde, dadurch, daß dich deine zwölf Freunde in den zwölf heiligen Nächten in diese Märchen einweihen.

Also rüste dich und mache dich klug, daß du alles gut behältst, was du erleben wirst, damit du es Lore zu Weihnachten unter den Weihnachtsbaum legen kannst, das neue Märchenbuch. Das Buch aber sollst du benennen: ›Das Märchenbriefbuch der heiligen Nächte im Javanerlande‹. So soll es heißen.«

Da dankte ich in heller Freude dem alten, silberhaarigen lieben Sankt Nikolaus, und in der Eile meiner Freude erwischte ich statt des Zipfels seines roten Armels den Zipfel seines weißen Bartes, den ich dankbar an die Lippen führte und ehrfürchtig küßte. Er nahm es mir nicht übel und schlug das rotgeschriebene Buch zu, bestieg mit dem Knecht Ruprecht sein schön lackiertes schwarzes Auto und fuhr unter den Alleebäumen von Garoet davon, nachdem er mir nochmals zugewinkt hatte. Ich sah noch eine Weile in der Ferne den goldenen Bischofstab blitzen, – dann war ich allein.
Also, heute abend beginnt nun die erste der heiligen Nächte, liebe Lore, und morgen will ich Dir genau das Märchen erzählen und niederschreiben, das ich heute nacht erleben werde! [...]

Dein reisender Dichteronkel
Max

Nachschrift: Du, Lore, ich habe einen Beovogel; weißt Du das schon? Ich hab ihn auf einer Versteigerung im Hause eines alten Holländers hier gekauft. Er spricht beinah wie ein Mensch. Weißt Du, ein Beovogel kann gar kein Blut sehen; wenn er Blut zu sehen bekommt, muß er sterben. Er sitzt in einem Holzgitterkäfig; der steht auf meiner Veranda. Schade, daß Du ihn nicht sehen und hören kannst. Er bekommt gekochten Reis und roten starken Pfeffer, der so schrecklich auf der Zunge brennt, zu fressen. Jeden Tag bekommt er auch eine reife Banane oder ein Stück Papajafrucht, die schmeckt noch besser als Melonen. – Ich habe den Vogel sehr gern, da er jetzt den ganzen Tag mein einziger Gesellschafter ist. Er ist schön schwarzblau gefiedert und hat einen weißen kurzen Streifen am Flügel, wie eine Elster. Aber am Kopf hat er richtige Ohrwascheln, die sind so goldgelb wie Butterblumen. Diese goldnen Ohrbehänge kleiden ihn zu seinem rotgelben Schnabel sehr gut. Das Schönste an ihm ist aber, daß er sprechen kann; wie ein Waschweib am Waschtrog schwatzt er. Und alles durcheinander. Aber wenn man ihn gut kennt, dann ist das, was er zu sagen hat, gar kein Wirrwarr, er erzählt ganz deutlich, was ihn bewegt und was er sich denkt. Wir verstehen uns sehr gut, mein Beo und ich.

Guten Abend, Lore!
Dein Onkel Max

Geschichte des Beovogels

Liebe Lore, nun höre mal, was mir heute nacht geschehen ist. Es war ein richtiges Weihnachtsmärchen, das ich in der Weihnachtsnacht erlebt habe. Also, ich setzte mich auf meine Veranda und nahm ein Buch und wartete darauf, daß man mich rufen sollte, wenn im großen Saal des Gasthauses, in dem ich wohne, der Weihnachtsbaum für die Kinder des Hauses angezündet würde. Ich war nämlich gar nicht neugierig, durchs Schlüsselloch zu sehen, denn: ›Das, was ich haben möchte, bekomme ich doch nicht‹, dachte ich mir. Ich hatte es eben gedacht, da fragt mich jemand ganz deutlich und laut: »Was hast du dir denn gewünscht?« Ich hatte ganz vergessen, daß ich allein auf der Veranda saß, und sagte: »Eine Prinzessin küssen!« Das sagte ich aber nur so im Spaß und lachend hin. Du kannst Dir aber vorstellen, wie ich betroffen war, als jemand antwortete: »Das kannst du haben; wenn es nicht mehr ist, als nur eine Prinzessin zu küssen.« – Da wollte ich sagen: ›Ach, ich will ja gar keine Prinzessin küssen, ich will nach Hause nach Deutschland.‹

»Du hast gewünscht, eine Prinzessin zu küssen; und was man einmal gesagt hat, dabei bleibt man, wenn man kein Lump ist!«

Nun war es mir aber zu dumm. Ich gehe und sehe mich um, hinter meinen Stuhl, hinter die Türe, hinter den Tisch, unter die Tischdecke, – es war aber niemand da. »Mach mal den Käfig auf«, rief mein Beo. »Bist du es, Beo, der da so laut spricht?« fragte ich. »Wer denn sonst?« antwortete der Beo, barsch wie immer, wenn er nicht zärtlich aufgelegt war. »Schrei mich nur nicht so an!« gab ich ihm zurück. Und ohne zu bedenken, was ich tat, hob ich das dunkelbraune Tuch, womit der Beokäfig jeden Abend zugedeckt wird, vom Käfig ab, nahm den Holzriegel am Gittertürchen weg und öffnete die Tür. Aber der Beo kam nicht heraus. »Du bist dumm, Beo«, sagte ich und machte die Türe wieder zu. Ich war ärgerlich über die Störung und wollte mich eben wieder zu meinem Buch auf den Stuhl setzen. Da merke ich, daß ich statt auf dem Fußboden auf einer Stange in der Luft stehe, und daß ich auf einmal ganz sonderbare Füße habe; es waren Krallen mit langen Nägeln geworden, über die man gar keinen Strumpf hätte anziehen können. Dann sah ich an mir hin, und wie ich eben nach meinem Buch greifen will, bemerke ich, daß ich gar keine Hände mehr habe, sondern schwarze Flügel. Ich war auch nicht mehr auf meiner Veranda, ich saß in seinem Käfig auf einer Stange, und – o Schreck –ich war ein Beovogel geworden. Ein Beo mit schwarzen Federn und einem rotgelben Schnabel. »Das kann ja gut werden, diese Weihnachtsbescherung«, schimpfte ich los. Und es wunderte mich gar nicht, daß ich als Beovogel auch laut sprechen konnte. »Schnabel zu!« rief mich etwas Dunkles an, das draußen vor dem Käfig stand. Ja, was war denn das für eine große, dunkle Mauer da? Ah, das war ein Mensch, ein dunkelhäutiger Javane. »Kennst du mich nicht?« lachte der. Und er rief: »Beo, Beo heiße ich!« Da mußte ich ihm nachrufen, und konnte mich nicht bezwingen: »Beo, Beo heiße ich!« zu sagen. »Jawohl«, grinste er. »Du heißt jetzt Beo, und ich hieß früher Beo! Ich war nämlich dein Beo, jetzt aber bin ich für diese Nacht dein Herr. Und du warst früher mein Herr, und du bist nun für diese Nacht mein Beo.« Er lachte. ›Schreckliche Verwechslung!‹ wollte ich ausrufen. ›Schöne Bescherung!‹ wollte ich schimpfen, aber ich schwieg vor meinem Ernährer, der so groß und mich riesig überragend draußen vor den Gitterstäben stand und lachte und dabei gesunde, schöne Zähne zeigte. ›Herrgott, was haben doch die Menschen für riesige Glotzaugen!‹ dachte ich und war noch ganz verblüfft, kein Mensch mehr zu sein; ich war aber auch zugleich schon wieder ganz zufrieden, daß ich kein Mensch mehr war. Denn wenn ich mich als Vogel anständig benahm, lebte es sich wohl ganz gut, überlegte ich bei mir.

»Also eine Prinzessin willst du haben? Nun, du wirst nicht gerade eine Prinzessin kriegen, denn Beoprinzessinnen gibt es kaum noch, aber zu einer javanischen Prinzessin kannst du kommen.«

»Ich will meine Ruh haben, fader Mensch!« rief ich, ganz wie ein Beo ruft, und lachte dazu wie ein Beo. Ich konnte nur die Sätze hervorbringen, die ich meinem Beo gelehrt hatte. »Mach mal, eil dich!« Das konnte ich auch sagen. »Ich heiße Beo«, das konnte ich sagen. Und pfeifen und rasseln wie die Wagen konnte ich, und husten wie eine alte Frau. »Was willst du denn? Was ist denn los?« Alles das brachte ich jetzt durcheinander hervor. Der Javane hatte den Käfig in die Hand genommen, er schraubte das Licht auf der Veranda aus, und siehe, es war heller Tag. Ich wollte fragen, wo mein Weihnachtsbaum sei; das konnte ich aber nicht sagen. So rief ich: »Licht! Licht!« Das konnte ich sagen.

Es war also heller Tag, die Sonne schien, die Berge in der Ferne waren blau, und die Gärten waren grün um meine Veranda herum, und ich erkannte alles wieder. Was ich täglich als Mensch am Geländer meiner Veranda betrachtet hatte, das sah ich nun, im Käfig sitzend, auf einer Stange als Beovogel durch die Gitterstäbe an.

›Ach, hätte ich dem Beo doch die liebe Freiheit gegeben, statt daß ich ihn im Käfig eingesperrt zu meinem Vergnügen als Gefangenen gehalten habe‹, dachte ich für mich und war ärgerlich. Und wie ich tief seufzte, merkte ich, daß mein Käfig wanderte.

Das heißt, alles draußen zog wechselnd an mir vorüber, bald hell, bald dunkel, Wände, Treppengeländer, Beine von Javanen, Tücher von Javanenfrauen; der Käfig schaukelte eine lange Weile, so daß ich mich ganz festhalten mußte und auf die oberste Stange geflüchtet war.

›Es ist nur gut, daß ich so viele Stangen zum Herumhüpfen in den Käfig gemacht habe‹, dachte ich für mich. Zuerst, als ich den Käfig gekauft hatte, war nämlich nur eine Stange darin gewesen. Wenn man ein Beo war, wie ich es nun am eigenen Leib erleben mußte, mußte es schrecklich sein, immer auf einer einzigen Stange sein Leben lang still sitzen zu müssen. Ich hüpfte jetzt von Stange zu Stange und fing an mich wohl zu fühlen. ›Was kann mir denn geschehen? Ich sitze in sicherem Schutz. Mein Herr ist ein Mensch, der früher auch mal ein Beo war; der weiß also, was mir not tut.‹ Und da ich als treuer, kostbarer und seltener Vogel, der ich nun war, immerhin ein Kapital darstellte, das man achten und schätzen mußte, so fürchtete ich mich vorläufig vor nichts. ›Nur um den schönen Weihnachtsbaum bin ich gekommen. Dafür aber komme ich ja zu einer Prinzessin.‹

»Ich würde dich frei herumfliegen lassen«, sagte der Javane, »wenn du nicht so kostbar wärst. Aber du bist zu wertvoll, und deshalb muß ich dich im Käfig festhalten. Mit der Freiheit wüßtest du auch gar nichts anzufangen, du würdest verhungern, wenn ich dich fliegen ließe.«

Ich tat, wie ich es vom Beo immer gesehen hatte: ich putzte meine Flügelfedern, so lange der Mensch zu mir vom Fliegen sprach, um ihm anzudeuten, daß ich verstünde, was er sagte. Nur antworten konnte ich nicht alles. Wenn er vom Fliegen sprach, deutete ich deshalb mit meinem Schnabel auf meine Flugfedern, die ich glatt strich. Das hieß als Antwort: ›Ich weiß, du meinst, daß ich mit diesen Federn die Freiheit haben und dir davonfliegen könnte.‹ Dann aber, wie er sagte, daß ich kein Fressen in der Freiheit finden würde, putzte ich meinen Schnabel, indem ich ihn an der Stange, auf der ich saß, hin und her wetzte, zum Zeichen, daß vom Fressen gesprochen wurde. Also gab ich meine Antworten immer in Zeichensprache zurück, dort wo mir als Beovogel die Worte in meinen Sprachkenntnissen fehlten.

»Wo geht's denn hin?« rief ich laut. Das konnte ich sagen. Von dem lauten Ruf auf der Straße fühlte sich ein kleines Mädchen getroffen, das gerade mit ihrer Mutter an uns vorüberging. Und ganz erschrocken, drückte es das Bündel Maiskolben, das es im Arm trug, an seine Brust und drängte dichter an die Seite der Mutter.

»Gott, wie sind kleine Mädchen schreckhaft«, lachte ich frech, denn ich fühlte mich sehr wohl in meiner Vogelgestalt, viel zu wohl. Und ich begann, immer wenn wir an neuen Marktgängern vorbei kamen, laut zu rufen: »Was ist denn los?«, oder: »Sieh mal die da!« Immer lachte ich dann unbändig hinterher, so laut, wie nur ein Beo lachen kann, daß man es drei Straßen weit hören konnte und alle Leute aufhorchen mußten.

»Wer morgens so lacht, den holt abends die Katz«, sagte eine alte, kleine, verrunzelte Javanenfrau, die mühselig ein Bündel zu Markt schleppte. Es war Markttag, denn die Javanen kennen kein Weihnachtsfest, und alles war deshalb alltäglich; auf dem Weg zwischen den Gärten des kleinen Landstädtchens, des javanischen, war es ganz so wie immer.

Die Leute bewunderten mich von allen Seiten, und ich hüpfte im Käfig vergnügt herum. Und alles, Groß und Klein, blieb stehen und sah mir nach.

Dann kamen wir an den letzten Häuschen vorbei. Die Straße führte in die Reisfelder, sie wurde nun von hohen Goldregenbäumen zu beiden Seiten beschattet, und ich atmete entzückt den süßen Duft der in der Nacht frisch aufgeblühten gelben Goldregenblüten ein. Und dabei dachte ich: ›Dort oben bei euch möchte ich sitzen, liebe Goldregenblüten, dort oben im hohen Baum.‹ Sieh da, ich konnte vom Blütenduft fortgezogen auf einmal durch die Stäbe meines Käfigs fliegen, als wenn ich zu Luft geworden wäre. Das war ganz herrlich, und ich saß plötzlich auf dem Baum mitten unter den Blüten des Goldregens, konnte aber meine Gestalt, da ich Blütenduft geworden war, nicht erkennen, denn ich war leibhaftige Luft geworden.

»Das geht über die Hutschnur«, rief ich höchst belustigt aus. Aber wenn man Luft ist, soll man nicht schreien, denn das bedeutet Sturmwind machen. »Das geht zu weit!« schrie ich laut. Ich machte also, ohne zu ahnen, daß ich was Böses tat, durch mein verwundertes Geschrei der Überraschung Sturmwind in den Blütenbäumen. Und alle Blüten riefen plötzlich, indem sie vom Wind geschüttelt heftig grell aufleuchteten, als wären sie höchst zornig: »Nein, dieser Tölpel zerzaust unsere Hochzeitskleider!« Denn wenn die Bäume blühen, haben sie nämlich immer Hochzeitsfeier. Und sie machen feine Musik; die machen sie aber so fein, daß wir Menschen sie nicht hören.
Und die Blüten sind dann voll Vergnügen und spiegeln sich in der Sonne, und dieses Leuchten der Blütenfarbe nennt dann der Blütenbaum seinen Tanz zur Hochzeitsmusik.

Ich aber mit meinem plumpen Geschrei hatte das Fest gestört. Der Wind zerschlitzte die gelben Hochzeitskleider der Blütenbräute und Blütenbräutigame des hohen Baumes. »Schmeißt den Kerl raus!« rief eine derbe Bruststimme, die mich, da sie tief dröhnte, ein wenig erschreckte. Es war aber der Baum selbst, der das rief. Denn ich war wohl von dem Duft eingeladen worden, zur Hochzeit zu kommen; aber die Blütenmusikanten, die da als Duft in der Luft herumflogen, die wußten nicht, daß ich so grob war und schreien würde.

Ehe ich mir's versah, war ich wieder im Käfig auf meiner Stange eingesperrt, und der Javane, der den Käfig trug, schien gar nicht bemerkt zu haben, daß ich einen Augenblick Luft, Blütenduft geworden war und im Baume gesessen und geschrieen hatte.

Die Blütendüfte hatten sich von mir zurückgezogen, und da war auch wieder meine alte Beogestalt da. Der Javane aber war tief in Gedanken, da er seinen Vater besuchen wollte. Das hatte er mir vorhin beim Fortgehen aus dem Gasthaus auf der Treppe anvertraut. Deshalb sah er nicht nach links und nicht nach rechts und nur gerade aus, vor Freude, seinen alten Vater wiedersehen zu dürfen.

›Ist denn dein Vater ein König?‹ hätte ich meinen javanischen Herrn gern gefragt. Aber solche willkürlichen Sätze konnte ich nicht sprechen. »Nein, er ist kein König!« antwortete mir mein Javane ganz ruhig. Und ich merkte nun, daß alles, was ich für mich allein dachte, auch wenn ich den Gedanken nicht aussprechen konnte, rund um mich von jedem verstanden wurde, mit dem ich in Gedanken redete.

Wir gingen so ungefähr eine Stunde und mehr. Das heißt, ich wurde von meinem Herrn getragen. Dann merkte ich an seinem fester werdenden Schritt: jetzt sind wir in der Nähe der Wohnung seines Vaters. Aber ehe wir ankamen, setzte er meinen Käfig erst am Weg nieder, und er stieg zu einer Quelle hinunter, die an der Wegseite unter hohem Bambusgebüsch aus dem Hügel in ein Bambusrohr floß, das in die Erde gesteckt war.

Mein Herr nahm das Trink- und das Badegefäß aus meinem Käfig und wusch es unter dem Wasserstrahl. Dann aber kam er auf einen höchst einfältigen Witz: er hielt den ganzen Käfig, in dem ich von Stange zu Stange flügelschlagend flüchtete, um ihn gründlich zu reinigen, unter den Wasserstrahl.

»Schnell, schnell, schnell, schnell!« rief ich immerfort und begann zu schimpfen.

›Gewöhn dir doch das Schimpfen ab und sei geduldiger. Was habe ich nicht alles schon bei dir als Beo aushalten müssen, und ich bin es doch auch nicht gewohnter als du. Ich war doch früher auch ein Mensch. Nun kann ich meine Beogestalt nur einmal im Jahr in einer der zwölf heiligen Nächte ablegen, aber nur wenn sich jemand darauf einläßt, mir den Käfig zu öffnen. Das hast du doch heute abend gleich getan, als ich dich rief. Dann hat mein menschlicher Geist den Käfig verlassen, da du mir die Erlaubnis gegeben hattest.‹

Ich verstand alles, was er vor sich hindachte. Und hörte seinen Gedanken aufmerksam zu. »Jetzt besuchen wir meinen Vater, und dann zeige ich dir nachher eine schöne Prinzessin, darauf kehren wir wieder um, und du wirst wieder mein Herr, und ich dein Beo.« So sagte er laut und deutlich.

»Weiß nicht! Weiß nicht!« sagte ich frech und überlegte, ob es nicht vorteilhaft sei, mein Leben lang ein Beovogel zu bleiben. Vielleicht konnte ich dann bei Gelegenheit heim nach Deutschland fliegen. Jedenfalls hatte das Leben, wenn es mir gelang, aus dem Käfig zu entschlüpfen, wie vorhin, wo ich Blütenduft geworden war, viel mehr Vorteile für mich als Beo, als es für mich als Mensch gehabt hatte. Ich konnte durch die Luft fliegen, ich konnte, wenn ich liebenswürdig und freundlich war, mich sogar in Blütenduft, und wer weiß was alles, verwandeln. Alle Möglichkeiten eines seligen Daseins schienen mir offen zu stehen. Da ich an der Sonne nach dem Quellenbad gut trocknete, hüpfte ich erleichtert herum und schlürfte ein wenig Wasser als Frühtrunk. Herrlich: man brauchte nicht erst vor einem gedeckten Frühstückstisch mit Tassen und Geschirr und vielen Überflüssigkeiten niederzusitzen, man saß als Beo einfach auf einer Stange, hüpfte, schrie, lachte und bekam eine Banane, so groß, wie man selbst war, und einen Eßnapf voll Reis, so viel, daß der Beokopf sechsmal in den Topf hineinging. Und damit fertig. Alles andere gab es nicht. Nur die gute Laune blieb einem als prächtiger Ersatz für alle die Dinge, die einen im menschlichen Leben auf Schritt und Tritt belästigen. Glücklich war man nur, wenn man so einfach lebte wie ein Beo, im luftigen Gitterhaus, ohne Bett und Möbel, ohne Tisch und Stuhl, ohne Schrank und Koffer, ohne Wäsche und Kleider. Und, was die Hauptsache war, man lebte als Beo in einer Welt, in der kein Geld nötig war.
Nur gut bei Stimme mußte man bleiben, sich oft bemerkbar machen, um nicht vergessen zu werden. Man schrie sich durchs Leben. Mehr tat man nicht. Bloß das eine war dumm: wenn man mal vom Herrn einen Tag nur vergessen wurde mit Wasser und Futter, – das war schlimm. Ohne Wasser ging man als Vogel schnell zugrunde.

Man hielt nicht viel aus, denn Vogelnaturen sind zart veranlagt, das fühlte ich jetzt als Beo an mir. Ich zitterte noch am ganzen Körper von dem Wasserstrahl, sowie ich an die Quelle zurückdachte.

Aber in diesem Augenblick hatte ich vorn Herrn eben frischen gekochten Reis und ein großes Stück Papajafrucht bekommen, gekauft beim Straßenhändler. Das Stück war für meine Beoperson so groß wie ein kleiner Kahn, und ich begann reichlich zu futtern. Es ging alles prächtig. Denn der Beokörper, in den ich hineingefahren war, und mit dessen Gestalt ich heute leben mußte, der war ein ausgelernter, erfahrener Beo. Und der Javane, der mich trug, war auch schon über dreißig Jahre alt. Ich sah ihm zu. Er wusch sich gerade das Gesicht mit ein wenig warmem Wasser, das er sich aus einem Topf vom Reisverkäufer auf die Hände gießen ließ.

›Diese Javanen sind so einfach wie die Vögel‹, dachte ich bei mir. ›Sie brauchen keine Waschschüssel, keine Waschtische, sie leben so natürlich wie die Vögel am Bach und wie das Wild im Wald, wie der Beo im Käfig.‹ Ich freute mich meines einfachen Herrn, der mich so schön satt gemacht hatte und selber genügsam nur eine dünne Zigarette rauchte, die er sich aus ein wenig Strohbast und Tabak gedreht hatte. Er hatte augenscheinlich keinen großen Geldvorrat in der Tasche. ›Ich hätte ihm, ehe wir vom Gasthaus gingen, meine Geldtasche aus meinem Koffer anbieten sollen‹, dachte ich für mich. Es war gut von dem Menschen, daß er, als ich verwandelt war, nicht mein ganzes Zimmer ausgeraubt hatte.

›Wie dumm ich aber war, daß ich eine Prinzessin sehen wollte, eine javanische!‹ dachte ich weiter bei mir. ›Hätte ich doch gesagt, ich möchte ein Schiff haben. Dann wäre ich damit abgereist, heim nach Deutschland.‹ So saß ich als dummer Beo verwandelt im Käfig und war doch ein guter Deutscher, der sich heimsehnte, und der nicht heimreisen konnte. ›Ach, der gute Zigarettenrauch‹, dachte ich und atmete den Rauch begierig ein, in der Hoffnung, der Rauch würde mich, so wie der Blütenduft vorhin, aus dem Käfig befreien. Der Rauch kam aber aus dem Munde meines Herrn, der ihn eben geboren hatte, und der Rauch war ihm dafür dankbar und meinte: »Nein, du mußt im Käfig bleiben. Wir befreien dich nicht, sonst bekommt unser Herr, der uns schuf, einen leeren Käfig; und wir tun nichts was dem nicht gefällt, der uns geschaffen hat.«

»Ihr sprecht ja gerade so«, sagte ich zu den Zigarettenrauchwolken, »als ob der Javane euer lieber Gott wäre.«

»Das ist er auch für uns«, riefen die bläulichen Rauchwölkchen im Chor. »Hat er uns nicht geschaffen?«

»Ja, wie man's nimmt«, sagte ich gedehnt und pickte nach einer kleinen Spinne, die mir auf meiner Sitzstange über den Weg lief, um mir zu überlegen, wie weit die Rauchwölkchen recht hätten.

›Spinne am Morgen, Kummer und Sorgen‹, dachte ich. Ja, es ging mir zu lustig, ich bekam sicher noch Kummer heute zu erleben, denn Vergnügen hatte ich bereits genug gehabt. Das Leben besteht aber nur aus Abwechslung, darum mußte auf Lustigkeit Trauer kommen. Das alte Weib vorhin hatte mir nicht umsonst prophezeit, daß der Vogel, der morgens lacht, am Abend von der Katz geholt werde.

Ich befleißigte mich also, das Leben etwas ernster zu nehmen, Es gelang mir aber nicht, ich fühlte mich zu wohl in meinen Beofedern und schrie und lärmte, daß es für alle Menschenohren eine Plage sein mußte.

Vor einem ganz winzigen niedern Bambusverkaufsstand am Landwege blieb nun mein javanischer Herr stehen, und ich fühlte am Zittern meines Käfigs, daß ihm das Herz vor Freude pochen mußte; er sah wahrscheinlich irgendwo seinen Vater. Die kleine Bude, in der ein alter, weißhaariger Mann auf dem strohgeflochtenen Mattenfußboden hockte und lange Streifen braunen Tabak vor sich auf dem Boden zum Verkauf liegen hatte und Baststreifchen, aus denen er Zigarettenhülsen drehte, – diese Bude war sehr einfach. Nur vier dicke Bambusstäbe waren in die Erde gesteckt, darüber ein Dach aus einer geflochtenen Strohmatte. Der Strohfußboden etwa einen Fuß über die Erde erhöht, das war alles, was ich da aus Bambus- und Mattengeflecht vor mir sah, und die Bude war im Viereck kaum vier Schritte groß.

›Genügsame Welt‹, dachte ich.
›Das ist mein Vater‹, hörte ich den Javanen in seinem Herzen zu mir sagen.

»Guten Morgen, Morgen, Morgen«, rief ich Beo laut und unverschämt und begann als erster hier das Gespräch mit dem alten, vertrockneten Javanenmännchen vor mir.
Der lächelte, sah höher, über mich weg, hinauf zu meinem Javanenherrn und nickte.- »Guten Morgen!«, ehe noch mein Herr gesprochen hatte. Dem schien vor Freude die Stimme zu versagen! »Sitzt du noch immer hier und verkaufst deinen Tabak, Vater?« sagte der Sohn endlich zum Alten und stotterte.

Der Alte mit seinen tausend Runzeln nickte nur, und einige Runzeln bewegten sich und lachten oder weinten; sie waren so sonderbar unerklärlich, daß ich nichts aus dem alten Gesicht lesen konnte. Der Sohn setzte sich still auf den Boden nieder. ›Mein Vater ist über hundert Jahre alt‹, erklärte mir das freudig pochende Herz meines Herrn. Dann war der Alte also schon beinah siebenzig Jahre alt gewesen, als ihm der Sohn geboren wurde. ›Ja, dieser Sohn ist der jüngste‹, erklärte des Javanen Herz weiter, ›und er ist vor zehn Jahren gestorben, und dann wurde er ein Beo, da er das einmal gewünscht hatte, als man ihn fragte, was er im nächsten Leben werden möchte.‹

›Da muß man sich also mit seinen Wünschen vorsichtig benehmen‹, dachte ich bei mir.

›Das muß man‹, bestätigte mir das ernste Javanenherz, ohne daß ich es gefragt hatte.

Inzwischen hatte der Vater den Sohn noch immer nicht erkannt, so glaubte ich. Denn ich erwartete doch, daß beide sich nach so langer Trennung in die Arme fallen müßten. Aber es geschah nichts. ›Der Vater hat ihn erkannt‹, sagte mir das Herz des jungen Mannes. ›Er kann aber die zehn Jahre, die der Sohn tot ist, nicht empfinden. Er sieht im Geist seine toten Kinder täglich um sich, darum ist er gar nicht erstaunt, daß dieser, von den Toten auferstanden, vor ihm sitzt und mit ihm redet. Der Hundertjährige lebt immer mehr im Geist als im alten Leib. Es ist ihm ganz gleich, ob sein Sohn jetzt da aus Fleisch und Blut vor ihm sitzt, oder ob er als Gedankenbild vor ihn hintritt. Hundertjährige machen darin kaum noch einen Unterschied, sie sind lebende Geister, solche alte Menschen, sie sind kaum noch lebende Körper.‹

›Ich war noch nie hundert Jahre alt, darum weiß ich das noch nicht und glaube es auch nicht‹, entgegnete ich in Gedanken mit aller Beofrechheit. Und ich zupfte mit dem Schnabel heimlich zwischen den Gitterstäben am Holzriegel meines Käfigtürchens, um ein wenig hinausschlüpfen zu können in die grünen Bäume oder in die grünen Ähren der Reisfelder, die da langsam bergauf zogen und herrlich in der Morgensonne leuchteten und lockten.

»Wer ist der Vogel?« fragte jetzt der alte Vater, als ob er ahne, daß ich kein Beo war. Sein Sohn, der sich langsam eine neue Bastzigarette drehte, und der im Schweigen sein Herz in der Nähe seines Vaters ausatmen und sich ausruhen ließ, sah gar nicht nach mir hin. Er hatte, wenn er aufschaute, nur Augen für den verrunzelten Alten, an dem ich gar nichts Schönes finden konnte. Er antwortete also nicht, sondern lächelte seinen Vater, den er zehn Jahre nicht gesehen, glücklich und zärtlich an. Aber der Alte antwortete sich sonderbarerweise selbst ganz richtig und sagte – »So, der Vogel ist dein früherer Herr!« Und ich konnte wieder aus dem hundertjährigen Runzelgesicht nicht herauslesen, ob es lachte oder weinte. Es langweilte mich aber, da stummer Wiedersehenszeuge zwischen dem alten armen Tabakverkäufer und seinem Sohn sein zu müssen, und ich schrie deshalb: »Prinzessin raus! Prinzessin raus!«

Es kam aber keine Prinzessin. Der alte Mann nickte nur, und der Sohn nickte auch, und beide schienen sich zu verstehen über etwas, was ich nicht verstand, und was mich sehr neugierig machte. Denn alle Beovögel sind neugierig.

»Wenn du es ihm versprochen hast, kann er sie sehen, die Prinzessin«, sagte der Hundertjährige, ohne daß sein Sohn den Mund geöffnet hatte. Und der Alte nickte mir nach einer Weile zu. »Es ist heute Westmonsum oben am Himmel, und wir nehmen zum Reisen am besten eine Wolke«, sagte der Sohn und sah hinauf ins Blau, wo die Wolken von Westen nach Osten hintrieben.

»Nix Wolke, Prinzessin raus!« schrie ich, gereizt darüber, daß sich niemand um mich zu kümmern schien.

»Hat er schon gefressen?« fragte der Alte den Sohn. Der nickte, und sie meinten mich. Ich mußte laut auflachen, weil sie so unmanierlich sprachen, denn ich hatte wohl gegessen, aber nicht gefressen. Als eingesperrter Vogel muß man sich unschuldigerweise viel Unmanierlichkeiten gefallen lassen. ›Es sind eben Menschen, die es nicht besser verstehen‹, dachte ich weiter und pfiff mir ein Lied, so laut, daß dem Alten die Ohren gellen mußten. Er schien aber nichts zu hören. Denn nun betrachtete er seinerseits den Sohn lang und genau, so wie der Sohn ihn vorher betrachtet hatte, glücklich und zärtlich.

Auf einmal merkte ich, daß alles um uns in weiße Nebel gehüllt war, das Häuschen, die beiden Javanen und mein Käfig, der auf dem Fußboden des Häuschens stand. Der Alte öffnete die Käfigtüre und ließ mich herausschlüpfen. Ich wollte sofort auf den nächsten Baum flattern, nachdem ich die Flügel etwas ausgebreitet und gedehnt hatte. Aber da war kein Baum mehr, ich flog in leeren Nebel hinein.
Aber ich mochte nicht wieder zum Häuschen des Alten zurückkehren und flog tiefer und weiter in den Nebel und wunderte mich, daß die beiden Javanen sich gar keine Mühe machten, mich zurückzurufen.

Da kam ich plötzlich aus dem weißen, feuchten Nebel hinaus in blendende Helle, und nun sah ich, daß wir alle zusammen samt dem kleinen Häuschen in einer Wolke hoch über der Erde schwebten. Tief unten waren die Kronen der gelbblühenden Goldregenbäume in zwei langen Reihen an den Straßen entlang zu sehen.

Es war prächtig, so hoch zu fliegen, aber ich bekam Angst und fürchtete zu fallen und flatterte, scheu vor dem tiefen Abgrund unter mir und ziemlich kleinlaut geworden, ins Häuschen zurück und setzte mich auf die Schulter meines jungen Herrn. Da fühlte ich mich sicher aufgehoben.

Nun verstand ich auch, warum die beiden Javanen sich ruhig weiter unterhielten und mich sorglos fliegen ließen. Sie wußten, daß ich als Beovogel nicht so weit fliegen konnte wie andere Vögel sonst. Und sie waren sicher, daß ich aus Angst gleich zurückkehren würde, wenn ich am Rand der Wolke den Abgrund der großen Tiefe entdecken würde.

Wir trieben schnell mit der Wolke hin, das sah ich an den raschen Verschiebungen und schnellen Ausblicken, die der Nebel machte. Es dauerte ziemlich lange, und ich schlief, glaube ich, für eine kurze Weile sogar etwas ein; als ich erwachte, standen mein Käfig und ich darin noch immer auf dem Fußboden des Häuschens. Aber Vater und Sohn waren fortgegangen. ›Sie werden mich wohl nicht da stehen lassen, bis eine Katze mich holt‹, dachte ich. Und ehe ich es noch recht ausgedacht hatte, wurde mir in meinem Beoherzen so eigentümlich unglücklich zumute, so seufzerig war es mir ums Herz, aber ich getraute mich nicht zu seufzen, ich hatte sogar Angst, Todesangst, den kleinsten Seufzer auszustoßen. Es war etwas Unerklärliches in mir, das mich warnte.

Da lagen doch noch der Tabak und die Baststreifen, und auch die Siri- und die Beteldose des Alten standen da. Wo waren denn die beiden Javaner hingegangen?

Ich begriff es nicht. Aber ich merkte, daß ich so sehr zitterte, so schrecklich bebte, daß ich von meiner Käfigstange fallen mußte, wenn das so weiterging.

Ach, nun sah ich doch die beiden Javanen wieder. Vater und Sohn saßen nicht weit von mir unter einem riesigen Baum, der Vater hockte am Boden und rauchte, der Sohn aber saß auf dem niederen Schemel eines javanischen Straßenbarbiers; und er wurde eben eingeseift, um rasiert zu werden.

›Na, so eine Bescherung!‹ wollte ich höchst mißmutig ausrufen, geärgert über die Vernachlässigung meiner Beoperson. ›Da lassen sie mich stehen, diese beiden leichtsinnigen Menschen, wie leicht könnte mich eine Katze holen!‹

Und wieder begann das Zittern mich zu schütteln bei dem Wort ›Katze‹.

Etwas Tödliches mußte in meiner Nähe sein. Ich hielt mich auffallend still. So auffallend, daß ich sogar die Aufmerksamkeit meiner beiden Brotgeber auf mich lenkte. Denn sie wendeten plötzlich die Köpfe zu mir. Es glitt ein Schatten draußen durch den Schatten der Zweige des Baumes, unter dem die beiden Javanen beim Barbier saßen. Und ich erkannte: dort oben auf einem breiten Ast des großen Baumes schlich, flach auf dem Bauch liegend, ein schwarzer Panther an die unten Sitzenden heran. Für mich kleinen Vogel war ein Panther nicht gefährlich, ich war ihm zu klein. Das tröstete mich. Das schwarze Raubtier lag ganz still, und nur seine Schweifspitze tickte leicht erregt auf und ab. Die Bestie wollte sich auf meinen jungen Herrn stürzen. Aus Leibeskräften schrie ich: »Katz, Katz!« Und ich hatte meine innerliche Furcht ganz überwunden, als ich den Ruf ausstieß. Jetzt sprang die schwarze Panthergestalt oben vom Baum, und ich schrie noch lauter als vorher. »Katz, Katz, Katz!« Doch die Leute kümmerten sich weder um mich noch um den Panther. Die schwarze Katze ging, wie eine gewöhnliche Katze es auch getan hätte, gemütlich, als ob sie kein Panther wäre, zwischen den Menschen herum. Erst strich sie ihr Fell am Rücken des auf einer Baumwurzel hockenden hundertjährigen Greises ab, dann aber wanderte sie weiter, strich dem Barbier um die Beine und strich meinem Herrn um die Kniee. Und nun sah ich: es war ja auch gar kein Panther, es war eine einfältige, schwarze Katze, – die Katze schien mir nur so panthergroß zu sein, da ich jetzt ein kleiner Beo war. Es war eine einfältige schwarze Katze, das entdeckte ich zu meinem größten Vergnügen. Aber kaum war ich dabei, einen Freudenlaut auszustoßen, da erstarrte ich von neuem. Denn die schwarze Katze hatte so ganz nebenbei aus der Ferne mit einem grünen Auge nach mir geblinzelt, daß mir ein eiskalter Schauder am Rücken herablief. ›Oh, wäre das doch ein Panther‹, mußte ich denken, ›dann wäre das Tier mir weniger gefährlich. Aber dann hätte es sich auf meinen Herrn gestürzt und würde ihn getötet haben, und wer hätte mich dann heute abend aus dem Beokäfig erlöst?‹ Nun begriff ich plötzlich: ich war nur so lange beolustig gestimmt, als ich wußte, daß der ganze Scherz nur einen Tag dauern sollte.
Kaum stellte ich mir aber vor, daß ich mein Leben lang als Beo auf dieser Stange sitzen sollte, da hätte ich mir doch lieber alle Federn ausgerauft vor Ärger über solchen unnatürlichen Dauerzustand.

Die Katze verließ die Menschen und lief über die Straße fort. ›Aber sie tut nur so, um die Aufmerksamkeit von sich abzulenken‹, dachte ich mir. Sie machte einen Bogen, so wie ich es mir gedacht, und kam dann langsam zu mir heran, harmlos tuend, als wollte sie nur ihr Fell an meinem Gitterstäbchen ein wenig glatt streichen.

»Das ist mein Tod! Das Vieh!« rief ich laut. Aber niemand achtete darauf, auch die Katze nicht. Sie kam ruhig näher, als wäre ich kein lebendes Ding, sondern ein toter Gegenstand, auf den man nicht viel Rücksicht nimmt. Niemand kann sich den Angstzustand vorstellen, in den ich verfiel. Die Katze wurde so groß wie ein Riesentiger. Für mich Beo war sie beinah so groß, als wäre sie ein Tiger von Elefantengröße. Ihre Augen waren so ungeheuer wie Mondscheiben. Es war gräßlich. Ich wollte die Käfigstangen loslassen und in Ohnmacht fallen. ›Dann kriegt dich die Katze erst recht‹, rief mein Herz, und ich verschob die Ohnmacht und flatterte nur scheu hin und her, voll Angst und Bangen. Wieder kam mir der Duft von einem großen Goldregenbaum zu Hilfe. Er zog mich zu sich. Zu Duft verwandelt, schwebte ich, dieses Mal ganz manierlich, in meiner Todesangst ganz lautlos, mit dem Blütenduft vereint als Luft in den hohen Baum hinauf und kam oben unter den goldenen Zelten der Blüten an, wo die goldstaubbedeckten Blütenbräute saßen, umgeben von goldgepuderten Blütenbräutigamen. Ich hielt mich sehr still und benahm mich sehr anständig. Und sah von oben aus den gelbseidenen Blütenzelten auf die Landstraße hinunter, wo die Katze nun wirklich ihr schwarzes Fell am leeren Käfig abstrich und dann in den Straßengraben sprang, wo sie auf Feldmäuse zu lauern schien. Ich atmete erleichtert auf und betrachtete die Straße. Ab und zu sah ich einen javanischen Arbeiter vorbeieilen. Der eine trug an einer Tragestange in zwei Körben Dachziegel zum nächsten Ort, der andere Grasbündel, andere trugen Bündel Reisähren, andere Körbe voll Kokosnüsse und andere Körbe voll roter Pfefferschoten. Es kam alle Augenblicke jemand da unten die Straße gelaufen. Nun aber holte ich tief Atem, ich sah in der Ferne viele Menschen, einen langen Zug.

»Jetzt kommt die Prinzessin!« sagten die Goldregenblüten, die besser in die Ferne leuchten können mit ihrem goldgelben Licht, als Menschenaugen es können.

Ich flog der Prinzessin mit dem Goldregenduft als Luft entgegen.

Da sah ich in einer offenen Sänfte die halbnackte, kleine, junge Javanenprinzessin sitzen. Die Sänfte war offen nach allen Seiten und hatte nur ein Dach auf vier gedrehten vergoldeten Holzsäulen.

Der Sänfte voraus gingen Flötenspieler und ein Diener mit einem Gong, den er von Zeit zu Zeit anschlug.

›Ach, die wunderschöne Prinzessin!‹ dachte ich bei mir. Und da ich Luft war, konnte ich mich in der Sänfte dicht an ihrer Seite ausbreiten und war sehr glücklich über diese einfache Annehmlichkeit. Die Prinzessin war an diesem heißen Tag nur um die Beine mit einem rot und gelb gemusterten Tuch bekleidet. Ihr Oberkörper war nackt, aber mit safrangefärbtem Reismehl ganz gelb gepudert. Auf dem Kopf trug sie ein goldenes Diadem. Ich versuchte ihr ein wenig die Arme zu streicheln, da ging der Puder ab. Das kümmerte mich aber gar nichts. Links und rechts von der Sänfte gingen javanische Frauen, die hatten goldene und silberne Schildkrotdosen in der Hand. Da gab es sicher auch wieder neuen Puder für die Prinzessin. Und ich machte mir gar nichts daraus, die schöne Prinzessin unters Kinn zu fassen und auch ihre Lippen zu küssen, denn ich war ja Luft, und es kümmerte mich nichts, daß der Puder abging.

»Wie stark es hier nach Goldregenblüten duftet«, sagte eine der begleitenden Frauen zu den andern Frauen. Diese aber nickten nur und gingen lautlos und barfuß weiter. Hinter der Sänfte ritt auf kleinem, weißem Schimmel ein junger javanischer Adliger.

»Das ist der Sohn der Prinzessin«, flüsterten die gelben Blüten vom nächsten Baum herunter. Und ich setzte mich einen Augenblick zu den Blüten und ließ mir erzählen.

Die Goldregenblüten erzählten. Diese Prinzessin war nicht mehr so jung, wie sie da unter Puder und Schminke ausschaute. Sie war eine der Frauen des toten Kaisers und hatte diesen Sohn, der da auf dem Schimmel ritt, nach dem Tode des Kaisers erst zur Welt gebracht. Sie beanspruchte für ihn die Kaiserkrone, bekam sie aber nicht, denn diese wurde dem Sohn einer anderen Frau des Kaisers zugesprochen, der noch bei Lebzeiten des Kaisers geboren worden war. Diese Prinzessin hatte bis zum gestrigen Tage lautlos und zurückgezogen mit ihrem spätgebornen Sohn in der Kaiserstadt Solo gelebt. Gestern, wo ihr Sohn für mündig erklärt worden war, hatte sie sich mit ihm auf die Flucht begeben, um zu ihren Anhängern zu fliehen, von denen ihr Sohn als der richtige Kaiser ausgerufen werden sollte.
»Sie wird aber nicht weit kommen«, meinten die Blüten, »sieh die Staubwolke dort, drei Meilen in der Ferne über den letzten Bäumen der Straße! Dort kommt schon die Leibwache des Kaisers nachgestürzt, um beide, Mutter und Sohn, einzufangen und zurückzubringen nach Solo, wo sie gefangen gesetzt werden sollen wegen Anstiftung zum Aufstand.

Aber die Prinzessin wird sich nicht fangen lassen; sieh den Dolch, den sie im Kleide trägt, und den man hier im Javanerlande ›Kris‹ nennt. Mit diesem Kris wird sie sich und ihren Sohn hier umbringen, aber gefangen läßt sie sich nicht nehmen.«

»Oh, sie darf nicht sterben, ich möchte sie retten«, sagte ich rasch zu den Blüten.

»Vom Tode kannst du sie vielleicht retten, aber vor der Gefangenschaft nicht«, sagten die Blüten traurig und dufteten weniger stark.

»Wie kann ich sie vom Tode retten, ich bin ja nur noch schwache Luft?«

»Kehre zurück in deinen Käfig und nimm deine Gefangenschaft als Beo freiwillig auf dich, dann wird sich alles von selbst begeben.«

»Das will ich gleich tun«, sagte ich lebhaft und unüberlegt. Denn seit ich die schöne kaiserliche Prinzessin geküßt hatte, war ich ganz leidenschaftlich von dem Wunsche erregt, diese Frau am Leben zu erhalten.

»Ja, aber dein Leben als Beo mußt du dabei einbüßen. Denn nur mit deinem Leben kannst du die Frau Prinzessin am Leben erhalten!« sagten die Blüten.

»Gut, es kommt mir auf ein Leben mehr oder weniger gar nicht an«, rief ich. »Wenn nur die schöne Frau leben bleibt, die ich vorhin dort in der Sänfte gestreichelt und geküßt habe, dann ist mir alles gleich.«

»Du wirst sehen, es kostet dein Beoleben«, warnten mich die gelben Goldregenblüten.

»Mag es kosten, was es will, – ich tue es für sie. Ich habe noch nie vorher eine Prinzessin küssen dürfen, und nun ich sie geküßt habe, will ich mich auch ritterlich erzeigen für den Kuß.«

Und ich schwebte zum Käfig zurück und war, ehe ich es mir versah, wieder ein Beo. Ich saß nun auf der Stange und wartete, daß der Hofzug auf der Landstraße näher käme, denn vorher als Luft war ich ihm rasch und weit entgegengeflogen, als er noch weit weg war. Und ich hatte in meinem Eifer die schwarze Katze ganz vergessen, die noch im Straßengraben lauerte. Sie saß dort vor einem Mauseloch. Ich tat, als wäre sie gar nicht da.

Ich pfiff ganz vergnügt mein schönstes Lied, den Brautmarsch aus dem ›Tannhäusen, den ich meinem Beovogel beigebracht hatte. Unter dem Baum wurde mein Herr noch immer sorgfältig und langsam rasiert, und meines Herrn Vater saß noch ganz so wie vorher auf der Baumwurzel und rauchte seine Zigarette. Keiner von beiden achtete auf den Hofzug, der näher kam. Denn entweder waren sie tief in Gedanken, oder es war ein abgekartetes Spiel, daß sie nicht auf die Prinzessin hinschauen wollten, zu der sie mich auf der Wolke in dies Fürstenland geführt hatten, um sie bewundern und küssen zu können. Als ich noch saß und überlegte, wie großmütig ich eigentlich sei, daß ich mich eines Kusses wegen für die schöne Frau Prinzessin töten lassen wollte, da stand mit einemmal, glattrasiert, aber mit dem strengsten Gesicht von der Welt, mein junger Herr vor mir und sagte, indem er mich blitzenden Auges vernichtend ansah: »Du Hund von einem Menschen, du hast es gewagt, meine Frau zu küssen!«

»Das ist mir höchst schnuppe, schnuppe, schnuppe!« lachte ich verächtlich. ›Er hat wohl geträumt, er‹, fügte ich in Gedanken hinzu, denn ich wußte, er las mir meine Gedanken vom Schnabel ab, ohne daß ich das Kauwerkzeug zu öffnen brauchte. »Und übrigens, wenn es so gewesen wäre, dann mein Herr, – gesetzt den Fall, daß mir die Schnute Ihrer Gattin, die ich leider nicht die Ehre habe je gesehen zu haben, daß diese Schnute mir gefallen hätte, – warum sollte ich sie nicht geküßt haben? Ich küsse, was mir anziehend scheint«, rülpste ich mit höchster Frechheit hervor.

»Gut, dann mußt du deine Tat nachher auch verantworten. Ich strafe dich. Du Kerl bist des Todes«, schrie der Javane. »Doch eine größere Strafe als der Tod wird dir zugleich. Denn die Prinzessin, die ich dir zum Küssen geben wollte, wirst du in deinem Beoleben nicht zu sehen bekommen. Denn diese, meine Frau, war nicht die Prinzessin, die dich erwartet hat. Du bist voreilig und frech gewesen. Und deine Strafe bleibt nicht aus. Noch eine kurze Stunde hast du zu leben. Bereite dich vor, zu sterben!«

»Ach was, Klimbim, Klimbim«, lachte ich mit alterprobter Beounverfrorenheit. »Ich weiß von nichts, mein Name ist Beo. Stecken Sie ruhig Ihre rollenden Augen in die Westentasche. Sie jagen mir gar keine Furcht ein. Mein Name ist Beo. Basta!
Und übrigens stören Sie mich nicht, dort kommt meine Frau Prinzessin, und die wird mich sogleich hier begrüßen.«

»Hundevogel von einem Hundevogel!« keuchte der hocherregte Javane und gab meinem Käfig einen Fußtritt, daß mir mein Badenapf und mein Trinknapf um den Kopf flogen und ich zum zweitenmal an diesem Tage ein unfreiwilliges Bad nehmen mußte.

»Verrückt, verrückt!« schimpfte ich, ohne mich in meiner Keckheit stören zu lassen. »Was meint der Esel, ich begreife gar nichts; ich kenne seine Frau so wenig, wie er meine Frau kennt, der Esel.«

Jetzt kam der Vater, der hundertjährige, und winkte seinem Sohn, zum Barbier zurückzukommen. Der Sohn folgte dem Ruf seines Vaters und ging, nicht ohne nochmals etwas von: »Tod und Rache!« gemurmelt zu haben.

»Ganz wie im Theater«, rief ich ihm keck nach, »wie im Theater. Hu, hu, hu!« So unerhört übermütig war ich, daß ich mir aus meinem umgestürzten Käfig gar nichts machte und mich so gut wie möglich einrichten wollte in dem Kopfüber und Kopfunter, das meine Wohnung ganz verdreht aussehen machte. Aber da merkte ich zu meinem Staunen: sieh da, meine Käfigtüre war beim Sturz des Käfigs aufgegangen. Wenn ich nun feig gewesen wäre, hätte ich blindlings vor meinem fluchenden Hausherrn fliehen können. Ich bin aber von Natur nicht feig, und so entstieg ich nur eine Weile meiner zerstörten Wohnung und setzte mich ein wenig vor die Türe, das heißt, ich setzte mich auf den Rand meiner offenen Haustüre und schaukelte mit dem beweglichen Türflügel her und hin, so gleichmütig, als ob nichts geschehen wäre. Aber sieh da, was machten denn die beiden Javanen dort? Sie hockten sich am Boden gegenüber und bliesen sich mit Rauch an, und dazu machte der Barbier, auch am Boden hockend, unter dem Baum Musik auf einer Bambusflöte. Das, was er flötete, klang ähnlich wie die Musik, die ich vorhin beim Hofzug gehört hatte; dasselbe Flötenspiel war es.

»Wie er mich nur töten will? Mit Musik doch nicht?« schwätzte ich als schwatzhafter Beo für mich in die Luft. »Musik macht lustig!« rief ich unverschämt und herausfordernd zu meinen Javanen hinüber. »Musik und Saueres machen lustig. He he, heee!« Sie sahen aber gar nicht nach mir hin, sondern hüllten sich in immer mehr Rauchwolken. Und seltsam, die Wolken bildeten Figuren und Formen. Und mit der Zeit entstanden aus den Rauchwolken bunte Tücher an beiden Javanen. Und es begann an ihnen zu blitzen und zu funkeln. Und es war ganz sonderbar: sie bekleideten sich wie zwei Fürsten mit den kostbarsten handgemalten Stoffen. Aus Rauch gewobene blaue und kupferrote Seide entstand, und die beiden Javanen, als sie nach einer Weile aufstanden, hatten die herrlichsten javanischen Königsgewänder an, die man sich nur denken kann. Der Alte trug eine veilchenfarbene Jacke, die war über und über mit regenbogenfarbigen Perlen bestickt. Die weißen Perlen bildeten Blüten und Ranken am Saum der Jacke, und die Perlenstickerei bedeckte die ganze Brust. Er hatte außerdem eine seidene Hose an, die war wie aus den schönsten Gartenblumen zusammengestellt, aus roten und weißen Nelken, aus blauen Irisblumen und gelben Irisblumen, aus Feuerlilien und Jasmin, aus weißem und lila Flieder, und die Säume unten um die Hosen waren dicke schwarzrote Rosen, und dazwischen guckten gestickte Goldkäfer hervor. Über die Hose hatte er, wie das javanische Hofsitte ist, einen kupferroten Seidenstoff geworfen, und der hing auf einer Seite herab und bedeckte das eine Bein, das andere Hosenbein aber war frei und leuchtete und flammte wie ein Blumenstrauß im Sommer. Und im Haar trug der Alte blitzende Elfenbeinkämme, die waren auch dick mit Perlen umkrustet. Und Perlenketten trug er um den Hals, und Perlenketten um die Handgelenke, und dicke goldene Ringe, mit Perlen besetzt, an den Fingern.

»Das nennt sich Armut«, schrie ich frech. »Sieh mal da, eins, zwei, drei, Hurra!« rief ich voll Eifer, um mich endlich mal wieder bemerkbar zu machen und meine Beolebhaftigkeit nicht in Vergessenheit fallen zu lassen. Der weiße Hundertjährige hatte auf einmal ein mildes altes Gesicht ohne Falten, aber doch ganz alt dadurch, daß es von weißen Haaren umrahmt war.

»Maske!« schrie ich, »Maske!« – ›Es ist ja Weihnachten und nicht Fastnacht‹, wollte ich rufen, konnte aber als Beo den langen Satz nicht aussprechen. Der Alte trug auch einen Stock, aus Rauch gemacht, in der Hand, der glich einer alten goldenen Lanze. Aber die Spitze der Lanze war abgebrochen und mit Watte umwickelt. Es sah aus, als sei die Lanze verwundet, oder als habe sie weiße Haare oben am Lanzenkopf, wie der Greis selbst.

»Alles ist verrückt! Verrückt! Verrückt!« krächzte ich auf meiner Käfighaustüre aus Leibeskräften.

Nun, und der junge Javane, wie leuchtete der mit einemmal, als wäre er beim Goldschmied gewesen und habe sich vergolden lassen. Er trug aus gelber Seide Jacke und Hose und einen enzianblauen seidenen Überwurf. Aber die gelbe Seidenjacke war über und über mit den herrlichsten roten Rubinsteinen bestickt.
Wo der Vater Perlen wie Tränen trug, trug der Sohn Rubinen wie Taubenbluttropfen, bläulich rot schimmernd. Und außerdem hatte er feine goldene Ketten um den Hals und goldene Armbänder; sogar um die Fußknöchel hatten beide Herren goldene Ringe als Schmuck.

Und als sie sich nun bewegten, sah ich, sie trugen auch goldene Ringe an den zehn Zehen der Füße. Sie gingen aber barfuß, weil alle Javanen im Javanerlande barfuß gehen. Der Sohn hielt den Schild des Vaters in der Hand, der war aber nicht aus Gold und nicht aus Metall, – er war aus Haar geflochten, aus feinstem, weißem Haar, und leuchtete noch silberner als Silber. Denn das Haar war von den Köpfen aller alten javanischen Könige und aller alten javanischen Königinnen genommen und so dicht geflochten, daß der Schild fester war als Stahl, und er ließ kein Schwert und keinen Speerstoß durch, der Schild aus Königs – und Königinnen-Haar. Dieses sagte mir den Schild selbst, als ich ihn so staunend betrachtete. Da hörte ich, wie er laut zu mir sprach und mir erklärte, wer er sei. Und dann sagte der Schild weiter: »Verneige dich, Beo, vor der Lanze, sie ist stumm und kann nicht zu dir sprechen. Ihre Zeit, wo sie wieder gewachsen und scharf sein wird, die Zeit ist noch nicht gekommen. Es ist die Lanze des ersten Javanenkönigs, und sie brach ab, als die Holländer in Java einzogen und das Land unterjochten. Seitdem ist die Lanze mit Watte umwickelt. Aber eines Tages wird sie wie ein scharfes Lilienblatt aufblühen und wird wachsen und scharf bleiben, und dann wird sie wieder so laut reden wie ehemals, da sie unzerbrochen war. –Aber er, der Alte, der Greis, der die Lanze hält, und der dir verkleidet als armer Tabakhändler am Weg vor Garoet begegnete, wo er in dem Bambushäuschen saß, – er ist der Stammvater aller Javanen. Er setzt die Könige und Kaiser ein und setzt sie wieder ab. Er ist der älteste Javane auf Java, und er ist nicht nur hundert Jahre, er ist viele tausend Jahre alt. Aber damit du nicht kopfscheu werden solltest, hat dir mein junger Herr vorhin gesagt, er sei sein hundertjähriger Vater. Er ist auch sein Vater, aber sein Erzvater. Und mein junger Herr, der mich trägt, mich Schild, geflochten aus dem weißen Haar aller toten alten Könige und Königinnen und Kaiser und Kaiserinnen von Java, – mein junger Herr ist der zuletzt verstorbene Kaiser von Java, der als Beo wieder zum Leben kam, da er nicht zu seinen Vätern eingehen wollte, ehe der Zwist, der in seinem Kaiserhause herrscht, beendet ist. Und heute soll dieser Zwist enden. Heute soll die Leibwache des Königs die Frau Prinzessin, die heimlich einen Aufstand anschüren wollte, und die diesen Plan schon seit der Geburt ihres Knaben im Herzen genährt hat, sich freiwillig von ihrem Lieblingswunsch trennen. Sie wird sich zuletzt der Leibwache des Kaisers selbst gefangen geben. Und das Herz der Frau Prinzessin zu bewegen, damit sie heute endlich von dem seit Jahren gehegten Wunsch ablasse, – dieses ist die Absicht, mit der Vater und Sohn, die im Geist von der Flucht und von dem geplanten Aufstand erfahren hatten, heute hierher gekommen sind.«

»Nee, nee, nee«, schrie ich aufgeregt, denn mir waren Schuppen von den Augen gefallen. Ich sah nun ein, daß ich meines Herrn Frau in der Prinzessin vorhin geküßt hatte. Und daß mein Herr recht hatte, als er aufbegehrte und mich samt meinem Käfig in die Ecke stieß, weil ich frech zu seiner Frau gewesen war. Ich mußte mich an der wackligen Gittertür meines Käfigs festhalten, denn mit Schrecken fiel mir ein, daß es nun wahr werden würde, was er mir vorhin zugerufen hatte: »Ich strafe dich! Du bist des Todes. Und zwar augenblicklich!« Ich faßte mich aber rasch. »Na, gut, schon gut, gut, schon gut!« schrie ich den Schild an und verbeugte mich ein paarmal vor ihm und der Lanze. Der Schild, der mich hell anschien, als könne er mich in allen meinen Gedanken durchleuchten, war mir mit seinem Königshaarglanz alter Herrschaften recht unheimlich. In so viel weißen Glanz hatte ich noch nie geschaut, als dieser Schild ausstrahlte, der silberner als Silber war. Es schien, als ob alles Gedankenlicht, das in den Köpfen aller javanischen Könige und Königinnen geglänzt hatte, aus diesem Schild glänze, der aus weißem Königshaar geflochten war und so weithin leuchtete, daß die Bäume in seiner Nähe silberglänzende Blätter bekamen, – so hell war er. Es wurde mir jetzt zu feierlich für mein lebhaftes Beogemüt in der Nähe dieser ältesten javanischen Herrschaften. Ich wäre nun am liebsten feig geworden und wäre fortgeflogen; denn was hielt mich denn ab, zu fliehen? Es hielt mich nur mein den Goldregenblüten gegebenes Wort, daß ich die schöne Frau Prinzessin vor ihren Verfolgern erretten wollte, das heißt, ich wolle sie hindern, sich das Leben zu nehmen, wenn sie es versuchen würde. Aber was sollte ich nun nützen, wenn sie doch ihren Mann und noch dazu den Vater, den Erzvater aller Javanen, bei sich in der Nähe hatte? Die konnten ihr besser helfen als ich. Die hatten sich jetzt mit ihren Gewändern, aus Rauch gewoben, nur deshalb so schön gemacht, damit sie der schönen Frau in anständiger und würdiger Weise begegnen konnten. Und ich Lump, ich hatte mich vorhin als Luft ganz gemein an die Seite der Frau in die Sänfte hingerekelt. Ich hatte mir die Schutzlosigkeit der schönen Frau zu Nutzen gemacht, das war eine gemeine Tat. Ich hatte meine lustige Maske böse ausgenützt und hatte, in Luft verkleidet, die schöne Frau geküßt und gestreichelt, daß ihr der Puder vom Gesicht gefallen war. Ich war gemeiner als ein Straßenräuber. Ich sah es ein, ich verdiente nichts als den Tod. Und zwar den gemeinsten Tod, den man sich nur ausdenken konnte, – so schändlich leichtsinnig hatte ich gehandelt. »Hängt ihn! Hängt ihn!« schrie ich laut und meinte damit mich selbst.
Aber niemand achtete mehr auf mich. Auch der Schild in der Hand des javanischen jungen Kaisers wendete mir den Rücken.

Nun sah ich auch, daß der Barbier, der nun auch prächtige, aus Rauch gewobene Gewänder trug, der Kanzler des Reiches. war. Der tote Kanzler, der zur Zeit des Königs, des verstorbenen, am javanischen Hof Ratgeber gewesen war. Ich sah es an den Abzeichen der Palmenblätter-Stickerei des Rockes und am Reichskanzlerstern aus Diamanten, den er auf der Brust trug. Und hinter den Bäumen der Straße standen viele Höflinge. Sie erstaunten mich nicht. Ich hatte gesehen, wie sie entstanden waren. Sie waren Grashüpfer, Ameisen, Reisvögel, Schmetterlinge und Eidechsen gewesen, die alle herbeigekommen waren beim Flötenspiel des Kanzlers vorhin. Alle waren unter den Tönen des flötenden Reichskanzlers in ihre frühere Menschengestalt verwandelt worden.

Das hatte ich doch nie glauben können, daß alle Tiere des Feldes einmal Menschen waren. Da standen sie alle schön gekleidet, die Grashüpfer als Reiter zu Pferd, die Eidechsen waren Fußvolk, die Ameisen Musikanten, und die Schmetterlinge waren reizende Hofdamen und Pagen geworden, in hellen, freundlichen Seidengewändern. Alle aber zeigten einen nackten Oberkörper, einen schönen, schlanken, braunen Rücken und eine nackte braune Brust, und nur von den Hüften abwärts waren sie bekleidet. Alle waren waffenlos. Das fiel mir besonders auf. Auch die Krieger trugen keine Waffen; nicht einmal den Kris, den Dolch, den alle Javanen im Gürtel bei sich tragen, nicht einmal den hatten sie bei sich. Sie waren freundlich gesprächig untereinander und kauerten alle an der Erde, unterwürfig auf ein Zeichen der beiden Herrscher wartend, um sich aufrichten zu dürfen.

»Halbnackt! Halbnackt!« schrie ich in meiner frechen Art, die ich nicht ablegen konnte, so lange ich Beo war, weil sie diesem Vogel als Rasseneigenschaft angeboren ist. Aber niemand kümmerte sich in diesem Augenblick um das Geschrei eines kleinen Beovogels. Wer mich schreien hörte, lachte höchstens ein wenig, aber ärgern, wie ich es als Beo gern wollte, konnte ich keinen Menschen mit meinem Geschrei.

Die Flötenmusik und der eintönige Gongschlag des Hofzuges kamen jetzt näher. Es traten Dienerinnen auf den Wink des alten und jungen Javanen vor. Eine Schirmträgerin mit goldenem, radrundem Schirm stellte sich hinter jedem der beiden javanischen Herrscher auf, hinter dem Kaiser und hinter dem Erzvater der Javanen. Der Kanzler aber mußte sich auch am Boden niederkauern und die Stirn senken, wie alle Hofleute es tun mußten, denn keiner durfte vor dem Kaiser und dem Erzvater die heranziehende Frau Kaiserprinzessin ansehen.

Und ich Frechling war vorhin wie ein Elender geradenwegs zur hohen Frau in die Sänfte gesprungen. Ich fühlte, wie mir meine Flügelfedern vom Angstschweiß feucht wurden. Ich zitterte am ganzen Leibe. Viel mehr als vorhin vor der Katze zitterte ich jetzt. Da, wo das Bambushäuschen stand, in dem wir vorhin durch die Luft von Garoet nach dem Fürstenlande in Mitteljava auf einer Wolke geflogen waren, da wurde die Straße breiter und bildete einen kleinen Platz. Ehe der Zug von der Straße her auf diesem Platz ankam, sah ich noch, wie auf einen Wink des greisen Erzvaters Hunderte von den goldgelben Blüten der Goldregenbäume, die rund um den Platz standen, von den Zweigen niederrieselten. Bald war der ganze Platz von goldgelben Blüten bedeckt, es sah aus, als wäre die Erde vergoldet worden von den duftende Blüten.

›Die Blüten geben ja auch ihr Leben für die Prinzessin her, dann kannst du es auch tun‹, dachte ich bei mir. ›Es tut nicht weh, für jemand zu sterben, der so edel und schön ist wie die Frau Prinzessin.‹ Aber anstatt daß ich meinen braven Gedanken Ausdruck gegeben hätte, hatte ich fortgesetzt die Beo-Unart an mir, nur Frechheiten in die Luft zu schreien. Und da jetzt der ganze Platz gut nach Blüten und nach den Wohlgerüchen des heranziehenden Hofzuges roch, rief ich, so laut ich konnte: »Es stinkt! Es stinkt! Wer stinkt, wer stinkt?«

Gottlob, es achtete jedes Ohr und jedes Auge nur auf die Kaiserprinzessin und ihren Sohn, der da zu Pferde hinter ihr ritt.

Der Hofzug kam aber nicht ruhig an. In den letzten Minuten klangen die Gongtöne unregelmäßiger und heftiger, die Flötenspieler spielten eine eilige Marschmelodie, und man sah an der auf- und absteigenden Bewegung der Sänfte, und an dem Hufschlag der Prinzenpferde hörte man es- überall war Eile und Hastigkeit. Denn die Leute hatten den Staub der heraneilenden Verfolger in der Ferne bemerkt. Und sie waren in Unruhe geraten und hatten es zuletzt der Prinzessin und dem Prinzen mitgeteilt, daß da in der Ferne große Staubwolken aufstiegen, und daß das nur die Reiter des Kaisers sein konnten, die sie verfolgten und sie bald einholen würden.

Die Prinzessin hatte in Solo nichts von ihrer Reise gesagt und war heimlich in der Nacht geflohen, denn unterwegs sollten ihr ihre Anhänger bewaffnet entgegenziehen und sie vor den Verfolgern in Schutz nehmen.

Als der Hofzug nun auf dem Platz unter den Goldregenbäumen die vielen festlichen Menschen sah und von dort Musik hörte, beruhigten sich alle im Herzen, da sie glaubten, das wären ihre Freunde, die ausgezogen seien, ihnen zu begegnen und sie zu beschützen. Aber sie waren erstaunt, als sie näher kamen, daß kein bekanntes Gesicht unter den Menschen war, die sie zu bewillkommnen schienen. Und keiner hatte eine einzige Waffe bei sich; nur ein alter hoher Herr an der Spitze trug eine abgestumpfte Lanze, die mit Watte umwickelt war. Und ein junger hoher Herr hielt einen hellen Schild in der Hand, der silberner leuchtete als Silber.

»Was sind das für Leute?« hörte ich die Prinzessin in der Sänfte ihren jungen Sohn fragen, der wohl kaum vierzehn Jahre zählen mochte. Denn so jung werden die javanischen Prinzen schon für mündig erklärt.

»Ich kenne diese Menschen nicht, hohe Frau Mutter«, hörte ich den Sohn erwidern.

»Edelleute, Edelleute!« rief ich, entzückt, der gnädigen Frau Kaiserprinzessin mit meiner Auskunft dienen zu können.

»Ei sieh, ein Beo!« rief die hohe schöne Frau entzückt. »Wer ist der Alte dort, Beo?« fragte sie weiter.

»Erzvater! Erzvater!« rief ich klar und deutlich.

Sie erstaunte, und alle verwunderten sich mit ihr.

»Und sag, kluger Beo, sag, wer ist der junge Herr, der den glänzenden Schild trägt?«

»Dero Herr Gemahl, dero Gemahl, Gemahl, Gemahl!« rief ich, meinerseits entzückt, daß ich alles wußte und mein Wissen zeigen durfte. Ich, sah, wie die schöne Javanenprinzessin, von freudigem Staunen erschüttert, unter dem gelben Puder erblaßte. Sie rief zu ihrem Sohn hin: »Wahrhaftig, mein lieber Sohn, dort steht dein Herr Vater, der verstorbene Kaiser, er hält einen Schild zu unserem Schutz in der Hand. Und sieh, neben ihm steht der edelste Javane, der hohe Erzvater unseres Geschlechtes. Oh, nun sind wir vor allen Verfolgern gerettet. Wahrscheinlich wird dich dein eigener Vater hier zum König krönen wollen; und hält der Erzvater den heiligen Speer über dich, dann bist du unverwundbar dein Leben lang.«

Man hatte die Sänfte niedergestellt, und die Frauen der Prinzessin halfen der Dame aussteigen. Die Diener hielten dem jungen Herrn den silbernen Steigbügel, und er stieg vom Pferde. Dann schritten Mutter und Sohn zehn Schritte von ihrem Gefolge fort, dem Kaiser und dem Erzvater entgegen, und ließen sich auf die Kniee nieder, und da man ihnen Strohteppiche bringen wollte, damit sie nicht im Staube knieen sollten, wiesen sie mit einem Wink die Diener zurück. Und man sah es der Kaiserin und ihrem Sohne an; sie brannten danach, dem hohen Kaiser und dem noch höheren Erzvater tiefste Ehrerbietung zu erweisen, – sie wollten beide im Staube vor ihnen liegen. Denn sie begriffen, daß die hohen Toten ihnen zu ihrer Rettung hier am Weg begegnet waren. Denn daß Tote aus dem Kaiserhause bei hohen Anlässen auferstanden und in alter Menschengestalt den Angehörigen des Kaiserhauses an wichtigen Lebenstagen erschienen, – das hatte sich im Laufe der Zeiten des öfteren ereignet, und die Überlieferungen erzählten davon.

Darum nahmen auch Mutter und Sohn die Erscheinung dieser hohen Toten heute am ersten Tage der Flucht, wo sie beide einen so zukunftswichtigen Schritt wagten, als etwas Selbstverständliches. Denn Mutter und Sohn waren durchdrungen von der Wichtigkeit dieser Stunde, und sie wußten, daß dieses der ereignisreichste Tag ihres Lebens sein würde. Der Prinz hatte ja sein ganzes Leben lang auf diesen Tag der Flucht und Kaiserernennung mit seiner Mutter zusammen gewartet.

Wie sie nun im Staube lagen, winkte der alte Erzvater ihnen aber nicht, daß sie aufstehen sollten, und er ließ sie mit der Stirn die Erde berühren, ohne ihnen Willkomm oder Gruß zuzurufen. Daran erkannten beide rasch, daß ihre Sache in dem Herzen des Erzvaters nicht zu dem Ende beschlossen war, das sie beide sich wünschten. Zugleich hörten sie aber auch, so nahe mit den Ohren an der Erde, das Hufgetrappel der Pferde, auf denen die Leibwache des in Solo lebenden Kaisers heransprengte, immer deutlicher werden; jeden Augenblick mußten nun die Verfolger auf dem Platz unter den Goldregenbäumen erscheinen. Die Kaiserin wagte sich nicht zu rühren, aber der junge Prinz hob den Kopf, als er mich rufen hörte:»Kopf hoch! Kopf hoch!«

Ich meinte aber, er sollte den Kopf heben und sehen, daß der Reichskanzler den Schild des Kaisers, der silberner als Silber war, in die Hand bekommen und sich damit dort aufgestellt hatte, wo die Landstraße auf den kleinen Platz mündete.

Der Schild spiegelte sein helles Licht die lange Landstraße entlang, und er schien die fern heranrasenden Reiter, Mann und Roß, zu blenden. Denn mit einemmal schwieg das Hufgeräusch.

Es blieb nur ein wirres Gerede in der Luft, und man hörte die Stimme des Anführers der Wache, der laut zu seinen Leuten sprach: »Wir sind auf falschem Weg. Dieses hier ist der Weg zum Meer. Seht dort unten glänzt der Meeresspiegel zwischen den Bäumen, hell und silberner, als Silber glänzt.« Eine Unruhe entstand, man hörte, wie alle die Verfolger ihre Pferde in der Ferne umwendeten, und dann ritten sie in entgegengesetzter Richtung davon.

Zugleich aber sah ich, wie der Erzvater die stumpfe Lanzenspitze über den javanischen Prinzen und seine Mutter hielt; und er sagte:

»Meine liebe Tochter, kehre um, nachdem du deinen Mann umarmt hast und du, Sohn, deinen Vater. Niemals sollt ihr wieder daran denken, gegen den Willen eures Erzvaters zu handeln. Kehrt zurück zum Kaiser nach Solo, es wird euch nichts geschehen, wenn ihr berichtet, daß ihr mir begegnet seid, und daß ich euch gesegnet habe und euch befohlen habe, diese heilige Lanze zurückzubringen, die man bereits vor eurer Abreise vermißte. Der Kaiser hat jedem Freiheit und langes Leben zugesagt, der ihm die heilige Lanze wiederbringt. Grüßt ihn und sagt: ›Hier ist die Lanze!‹ Und alles ist euch verziehen; es wird vergessen sein, daß ihr Aufstand und Zwiespalt im Kaiserhause stiften wolltet. Ziehet in Frieden!«

Javanische Frauen und Kinder sind an größten Gehorsam gewöhnt. Die Frau erhob sich und umarmte schweigend und zitternd ihren Mann. Ebenso umarmte der kleine Prinz seinen Vater. Dann kehrten sie zur Sänfte zurück und zum Pferd des Prinzen und zu ihrem Gefolge. Der Prinz aber trug die Lanze in der Hand, und sein Herz klopfte ihm hoch, als er das Heiligtum mit beiden Händen umklammert hielt. Und als sie sich gewendet hatten, waren mit einem Schlage der Erzvater, der Kaiser, der Kanzler und alles Gefolge hinter ihnen verschwunden, – nur blauer Tabakrauch schwebte am Platze.

»Alles futsch, futsch, futsch, futsch!« mußte ich erschrocken rufen. »Alles Schwindel, Sdiwindel«, fügte ich hinzu.

Da sah die Prinzessin nach mir hin, als sie eben in ihre Sänfte steigen wollte, und zugleich bemerkte ich zu meinem Schrecken die schwarze Katze, die, keine fünf Schritte von mir fort, geduckt und sprungbereit am Boden kauerte. Schon schnellte sie durch die Luft, und schon stürzte sie sich auf mich.

Mit großem Geschrei und Geschimpf floh ich hüpfend zur Seite. Aber die Katze hätte mich gewiß erwischt, wäre nicht in diesem Augenblick ein Kris, gut gezielt, durch die Luft auf die Katze geflogen. Das Krismesser nagelte die schwarze Katze an einen der Bambuspfosten des Häuschens. Es war der Kris der Prinzessin. Die hohe Frau hatte mir das Leben gerettet, mir Elendem, der sie vorhin heimlich geküßt hatte.

Ich war noch ganz verdutzt. Die Katze zappelte nicht mehr. Der Dolch war ihr durchs Herz gefahren und hielt den schwarzen Leib fest an den Hauspfosten gespickt. Tot hing der Katzenkadaver dort, und ein Faden roten Blutes floß auf die gelben Goldregenblüten, die vom Blute rotgefärbt leuchteten. Ich sah nur noch, daß die Prinzessin in die Sänfte stieg. Doch ehe sich der Zug in Bewegung setzte, um heimzukehren, schickte die hohe Frau noch eine Dienerin zu mir und ließ mich rufen. Ich hatte noch so viel Kraft, um bis an die Sänfte heranzuflattern. Aber ich fühlte, meine Kräfte wichen schnell, denn ich hatte Blut gesehen. Und wenn Beovögel Blut sehen, müssen sie sterben, und niemand kann ihnen dann helfen. Dieses wußte ich, zu Tode erschrocken. Ich verdrehte die Augen, und mit dem Ruf: »Schwindel!« – denn mir war sehr schwindlig –fühlte ich, daß ich meinen Geist aufgab und zu Füßen der schönen Frau starb. Die Prinzessin hatte mir das Leben vor der Katze gerettet, hatte es mir aber zugleich mit dieser Rettung genommen. So war in Erfüllung gegangen, was mir mein javanischer Herr vorher gedroht hatte: ›Ich werde dich strafen, du bist des Todes, und augenblicklich!‹ Die Beleidigung, die ich ihm zugefügt hatte, war damit gerächt. Und ich war zwar keinen Opfertod für die Prinzessin gestorben, aber ich war daran gestorben, daß ich mir leichtsinnigerweise zum Weihnachtsabend eine Prinzessin gewünscht hatte. Im Wünschen muß man vorsichtig sein. Manche Wünsche wirken für den tödlich, dem sie in Erfüllung gehen. Es war aber auch wieder gut, daß ich als Beo gestorben war, denn nun durfte ich als Mensch wieder weiterleben. Ich erwachte am Weihnachtsmorgen in meinem Bett und fand meinen Beokäfig, als ich aufgestanden war, wie sonst auf der Veranda stehen. Mein Beo saß still darin.

Doch seit ich weiß, daß er ein verwandelter javanischer Kaiser ist, behandle ich den Beo äußerst höflich. Ich nehme den Hut ab vor ihm. Ich lasse ihn sorgfältiger pflegen. Er soll auch einen größeren Käfig bekommen. Denn seit ich selbst als Beo auf den Käfigstangen gesessen habe, weiß ich, wie ungemütlich es im Käfig sein kann, wenn man dort nicht wenigstens anständige Behandlung findet. Drüben über der Straße am Regentenweg blüht ein großer Goldregenbaum, und sein Duft kommt bis zu mir auf die Veranda. Aber er verwandelt mich nicht wieder zu Luft, und ich hüte mich, es mir zu wünschen, denn Gestalten, die man zu sein nicht gewohnt ist, können einem die schrecklichsten Lebenslagen bringen. –

Als ich mein Weihnachtserlebnis einem Herrn erzählte, der schon lange im Javanerland lebte, sagte der: »Ach, da haben Sie ja etwas erlebt, was in der javanisdien Geschichte früher einmal vorgekommen ist. Sie sind also als Beo in die Vergangenheit der javanischen Fürstenlande zurückgeflogen. Jene Prinzessin soll übrigens noch heute ganz alt am javanischen Hof leben. Ihr Sohn aber ist gestorben. Er wurde niemals Kaiser und versuchte auch niemals mehr, es zu werden, nachdem ihm und seiner Mutter der erste Versuch mißglückt war.«

Dieses war mein Märchen-Erlebnis in der ersten der heiligen Nächte. – Als ich neulich zu einem Sultanshochzeitsfest in Solo war, habe ich dort das Gemach im kaiserlichen Schloß gesehen, darin die heilige Lanze aufbewahrt wird. Es war in der großen Halle ein kleines Gemach aus lauter Glaswänden. In diesem Glasraum wurde die Lanze aufbewahrt. Und da gerade die Pest zu Besuch in der Stadt war, fuhr man nachmittags um vier Uhr die heilige Lanze auf einem von weißen Stieren gezogenen Wagen durch die Straßen, in denen Leute an der Pest gestorben waren. Denn die heilige Lanze vertreibt alle Übel. Die Prinzessin aber habe ich nicht gesehen; darum kann ich nicht sagen, ob sie einmal so schön gewesen sein kann, daß ich sie hätte küssen mögen. – Ich bitte Dich, liebe Lore, erzähle dieses Märchen nicht der Frau Dauthendey wieder. Es könnte sie betrüben, zu erfahren, daß ich in einer heiligen Nacht zum losen Beovogel verwandelt herumgezogen bin und eine Prirtzessin geküßt habe, die mich gar nichts anging. Ich ersuche Dich also um Verschwiegenheit.

Bis zum nächsten Märchen!
Dein Märchenonkel

Geschichte der weißen Schildkröte

Liebe Lore.

»Ein Schnaps«, sagte mein Großvater, »verbrennt noch nicht die Seele, – erst der zweite Schnaps tut es.« So ging es mir. Ich hätte mir nicht wieder ein weibliches Wesen wünschen sollen; aber ich war hartnäckig, und als mich gestern abend eine Stimme fragte: »Was wünschst du dir heute?«, rief ich übermütig: »Eine Göttin!«

Aber ich will der Reihe nach erzählen.

Offen gesagt: je näher gestern der Abend kam, desto mehr fürchtete ich mich vor der Nacht. Ich wollte und konnte mit dem besten Willen nicht in der Nähe meines Beokäfigs bleiben. Ich hatte große Scheu vor dem schwarzen schwätzenden Herrn Vogel auf meiner Veranda. Und ich dachte mir: ›Ich gehe spazieren, so wie ich es manchmal bei Sonnenuntergang getan.‹ Heimlich dachte ich aber: ›Ich gehe gar nicht nach Hause heute abend, um nicht verzaubert zu werden.‹

Wie ich die Galerie des Hotels im ersten Stock oben entlang gehe, begegnet mir ein älterer deutscher Herr, der auch hier in Garoet wohnt. Er war, wie ich auch, auf einer weiten Seereise, als der Krieg ausbrach, und er flüchtete hierher nach Java und lebte auf den Frieden wartend; und voll Sehnsucht, heimzukommen, verbringt er seine Tage in dem gleichen Gasthaus wie ich. Dieser Herr geht nachmittags, wenn draußen kein einladendes Wetter ist, auf der langen Galerie auf und ab, er hat dann eine Schrittmesseruhr in der Tasche und macht so seine vier- bis fünftausend Schritte. Er ist etwas genau und gewissenhaft in allen Dingen, da er unverheiratet ist und seine Lebenszeit nie von Kindergeschrei und weiblichen Launen angenehm unterbrochen wurde; deshalb beschäftigt er sich am liebsten mit seiner Zeit, die ihm reichlich zur Verfügung steht, und die ihm Frau und Kinderlärm ersetzen muß. Ich finde, er verwöhnt diese seine Zeit zu sehr. Er kommt auf die Minute pünktlich zu Tisch, nur damit seine Zeit sich nicht beleidigt fühlt, die er nie verletzen möchte, da sie ihm, wie gesagt, das Liebste auf der Welt seiner reifen Jahre geworden ist.

Dieser Herr heißt Herr Dauer, welcher Name auch auf Zeit deutet. Er wäre sicher der Erfinder aller Zeitmesser geworden, der Herr Dauer, wenn nicht die Uhr schon vor ihm auf der Welt gewesen wäre. Wenn ihn der deutsche Kaiser einmal wegen seiner Pünktlichkeit adeln wollte, müßte er ihm vier Uhrzeiger in das Wappen geben: Sekunden-, Minuten-, Stunden- und Schrittzeiger. Also, diesem Herrn Dauer begegnete ich, und ich war recht froh, jemandem zu begegnen, und wünschte, daß er bei mir bleiben sollte, damit ich meine Märchennacht nicht allein erleben müßte. Denn, wie gesagt, ich hatte nach den Erfahrungen der ersten Nacht Angst vor der zweiten Märchennacht.

Der Herr Dauer ließ sich aber auf der Galerie des Gasthofes gar nicht in seinem Marschieren unterbrechen. Und als er eine Sekunde stehen geblieben war, um zu grüßen, da ging er schon wieder weiter und zog seine Schrittmesseruhr aus der Westentasche und sagte zu mir: »Ich habe erst zweitausenddreihunderteinundvierzig Schritte gemacht. Ich muß mindestens noch zweitausenddreihundertzweiundvierzig Schritte dazu machen.« Und fort war er.

Seine Schritte schwangen sich auf dem Bretterboden der Galerie entlang; er lief mit solchem Eifer, daß er gar nicht merkte, wie alle Fußböden der neben der Wandelgalerie gelegenen Fremdenzimmer des Gasthauses bebten, als wären sie Sprungfedermatratzen. Und er merkte in seinem edlen Wandereifer auch nicht, daß sich hinter ihm manche Tür öffnete und manch ein Kopf eines gestörten Gastes ihm nachsah, ob der Herr Dauer noch immer nicht seine genügende Kilometerzahl abgelaufen hätte. ›Aber wenn einer seine Zeit liebt, dann ist er gerade so verliebt wie einer, der eine Göttin liebt‹, dachte ich mir.

Ich muß noch rasch hinzufügen, daß der Herr Dauer seines Berufes Spielkartenfabrikant ist. Ich sah ihn oft in diesen Monaten über Reihen von ausgebreiteten Spielkarten sitzen, die er aufmerksam betrachtete, um sie zu studieren. Ich denke mir, er will neue Kartenspiele erfinden nach Friedensschluß, wenn er wieder nach Europa zurückgekehrt ist. Es ist ein sauberer, immer peinlich reinlich gekleideter Herr, er hat silberig blondes Haar, eine blasse, lilienunschuldige Gesichtsfarbe und trägt immer einen elfenbeinweißen Anzug. Diese Elfenbeinfarbe, die ihn umgibt, macht ihn aussehen, als ob ihn ein reinlicher Zuckerbäcker mit Schlagsahne bekleidet habe. Und man muß glauben, daß er unter dem schlagsahnehaften Anzug ein Herz mit Ananasfüllung trägt, der Herr Dauer, denn er lächelt so gern duftig. Ich kann mich nicht anders ausdrücken, – er lächelt kühl und duftig, so wie eine Ananas kühl und duftig duftet. Ich stand also und überlegte noch, wohin ich meine Schritte wenden sollte, um vor der zweiten Märchennacht auszureißen. Da kam, straff wie ein Uhrzeiger und mit den blaugrauen Augen die Entfernung der langen Galerie messend, der Herr Dauer wieder zurück. Er ging so schnell, und ich war so schwach von Entschluß, daß der Wind, den sein rascher Gang in der, ruhigen Luft des Abends machte, mich mitriß. Ehe ich es mir versah, rannte ich neben dem Schrittmesser her, wie ein mitfliegendes Stückchen Papier. Am Ende der Galerie riß der Herr Dauer wieder die Schrittuhr heraus und sagte halblaut zu sich selbst: »Zweitausendvierhundertvierundachtzig Schritte.«

»Es geht schnell, aber doch langsam, – wie man's nimmt«, sagte ich, und ich meinte damit, daß es lange dauern würde, bis er die Schrittzahl fünftausend erreicht haben würde. Denn mich langweilte dieser Sdirittspaziergang im Auftrage der Zeit des Herrn Dauer im Grunde sehr. Ich lief aber unwillkürlich, halb mitflatternd, halb in Verzweiflungsangst vor dem bald anbrechenden Märchenabend, neben Herrn Dauer her. Denn eben sah ich im Osten rosa Wolken aufleuchten, – das war das Zeichen, daß die Sonne im Westen verschwand und die Tropennacht pünktlich einsetzte.

Ich sah zu meinem Vergnügen: der Herr Dauer, der nur seine Schrittmesseruhr im Sinn hatte, merkte gar nicht, daß ich da an seiner Seite nebenherhopste. Denn ich hatte noch nicht die richtigen Schrittmaße, die einem die Schrittmesseruhr vorschrieb, in den Takt meiner Beine aufgenommen und hopste ziemlich unregelmäßig, aber ausdauernd neben dem sehr geregelten Schrittgang des Herrn Dauer, Spielkartenfabrikant aus Chemnitz. Ich glaube, ich wäre am liebsten den ganzen Abend neben dem genannten Herrn hergelaufen, nur damit mir keine neue Tierverwandlung angetan würde, – denn ich konnte ja gar nicht wissen, welches Tier heute nacht auf mich lauern würde, um mich zu verwandeln. Sonderbarerweise kam es mir aber vor, als ob der Herr Dauer nach einer Weile beim Dauerlauf sich seine beiden Beine kürzer lief. Er wurde bei jeden hundert Schritten, die wir auf der Galerie zurücklegten, kürzer und kürzer. Aber da er selbst es nicht zu merken schien, wollte ich den älteren Herrn nicht unnötig auf etwas Peinliches aufmerksam machen. Als er mir aber mit dem Kopf nur noch bis an die Hüfte reichte, hielt ich es für meine Pflicht, zu sagen:»Herr Dauer, wollen Sie nicht einmal still stehen und auf Ihre Uhr sehen, ob wir nicht bei fünftausend angekommen sind?« Denn wenn ich auch am liebsten die ganze Nacht weitergelaufen wäre, so schien es mir doch nicht anständig, auf Kosten eines andern meinen bescheidenen Wunsch durchzusetzen. Der gefragte Herr aber war gänzlich verstummt. Ich bückte mich öfters, um ihm ins Ohr zu rufen, er solle still stehen. Aber wie konnte ich denn sein Ohr finden, er lief ja immer weiter! Und überdies hatte er Watte im Ohr gegen Erkältung. ›Was ist das für ein Laster, die Zeit so zu lieben, daß man nichts hört und nichts sieht als den Schritt der Zeit, und daß man nicht mal merkt, wenn man sich dabei die Beine unterm Leib wegläuft!‹ so mußte ich tiefseufzend denken. ›Die Zeit hat j a gar kein Ziel, und man kann, wenn man im Schritt mit ihr läuft, nicht mal was erleben, sondern man läuft an allem vorbei und ist der Sklave der Zeit geworden.‹

Der Herr Dauer war nun so klein, daß er mir nur noch bis ans Knie reichte.
»Aber Herr Dauer!« habe ich einige Male vorwurfsvoll ausgerufen, – er hörte nicht. Am Ende der Galerie war eine Treppe in den Garten hinunter, und unten war ein überdachter Gang, der in den Speisesaal führte. Mit einemmal entwischte mir Herr Dauer mit dem Ausruf: »Fünftausend!« und sprang zur Treppe. Doch die Stufen waren zu hoch für seine abgelaufenen Beine. Aber was machte nun der Herr Spielkartenfabrikant? Er legte sich einfach ein wenig auf die Seite, und ließ sich die Holztreppe hinunterrollen, als wenn er das monatelang jeden Abend nach seinem Dauerlauf so und nicht anders ausgeführt hätte.

Es kam eben ein javanischer Zimmerjunge der Gasthofdienerschaft mit einem Brett in der Hand, auf dem ein Glas voll Limonade stand, die Treppe herauf. Der hatte gerade noch Zeit, die Beine auseinander zu spreizen und den rollenden kleinen Herrn zwischen ihnen hinunterfallen zu lassen. Der Junge schien gar nicht darüber verwundert. Er sah mich im Gegenteil höchst erstaunt und mißvergnügt an, als ich über den treppabwärts rollenden Herrn, der wie ein rollendes geschältes hartes Ei aussah, ein wenig lächeln mußte.

Unten stand Herr Dauer wieder so ganz selbstverständlich auf, als wäre es der gewöhnliche Lauf der Welt, daß man Treppen hinunterrollt, wenn es einen besser dünkt. Ich sprang hinterher wie ein schlenkriger Jagdhund, und im Speisesaal sah ich den kleingelaufenen Herrn vor mir nicht etwa den für ihn geradesten Weg unter den Tischen durchlaufen, nein, er ging anständig um die Tische und Stühle herum, als ob er mindestens noch so hoch wie eine Stuhllehne wäre.

Aus dem Speisesaal führt dann auf der entgegengesetzten Seite eine grüne, immer blank polierte Kachelsteintreppe wieder hinunter in eine andere Hotelgalerie des Vordergebäudes. Weiße Blumenvasen, mit Blattpflanzen darin, stehen auf jeder Stufe zu beiden Seiten der grünen Treppe, und unten links ist im dortigen kleinen Hofraum ein viereckiges, mit Schlingpflanzen schön grün umwachsenes großes gemauertes Wasserbecken, in dem die Fische lebend aufbewahrt werden, die für die Gasthofküche bestimmt sind.

Diese zweite Treppe schlitterte der Herr Dauer, da sie glatt wie Eis war, einfach auf die Weise hinunter, daß er sich auf die oberste Stufe niedersetzte und dann abwärts glitt. So machte er es sich eigentlich recht bequem. ›Wohin will er nur?‹ dachte ich. Und lief dem Herrn nach, als ob ich ihm helfen müßte, wieder seine einstige Größe zurückzuerlangen.

Ich konnte ihn kaum einholen, denn ich schlitterte die Treppen nicht so schnell hinunter wie mein Vordermann.

Ich fand ihn, unten angekommen, nicht mehr vor. Ich suchte die ganze untere Galerie ab, aber da war kein Mensch. Endlich entdeckte ich links im Hofviereck den Herrn Dauer, aber er lief nun nicht mehr auf zwei Beinen, sondern er hatte es sich noch bequemer gemacht: er lief auf Händen und Füßen flach am Boden niedergeduckt auf das Wasserbecken los.

›Er sieht wie eine weiße Schildkröte aus, in seinem elfenbeinweißen Anzug und so flach am Boden, mir den breiten Rücken und ganz kleine, vollständig abgelaufene Beine zeigend‹, dachte ich bei mir. Und kaum hatte ich es ausgedacht, so springt der auf allen Vieren rennende Herr in das Wasserbecken und paddelt darin herum. Herrgott, es war ja gar nicht mehr der Herr Dauer, den ich da sah, es war ja eine richtige, schöne weiße Schildkröte! Ich sah das Wasser vor mir, und mitten drin eine weiße Schildkröte, die da im dunkeln Wasser hell und harmlos dahinglitt, als ich den Rand des breiten Beckens erreicht hatte.

»Herr Dauer, was machen Sie denn da?« fragte ich, horchend, ob mir die weiße Schildkröte, die dem Herrn so ähnlich sah, antworten würde.

»Ich bin nicht Herr Dauer, ich bin eine Schildkröte«, sagte das edle Tier mit Anstand und hob das niedliche Köpfchen aus dem Wasser, indessen es mit vier saubern, niedlichen Händchen, die unter dem blanken elfenbeinfarbenen Schildrücken vorsahen, herumschwamm und sich an der Oberfläche des Wassers hielt.

»Wenn Sie nicht Herr Dauer sind, dann bin ich eine grüne Zitrone«, rief ich ärgerlich und unvorsichtig. Ich fürchtete schon, ich würde nun zusammenschrumpfen und mich zu einer Zitrone verwandeln, denn es war dunkel geworden, und der Märchenabend, mein zweiter, war angebrochen. ›Aber eine weiße Schildkröte möchte ich auch nicht werden‹, dachte ich rasch hinterher.

»Was wollen Sie denn werden?« fragte die weiße Schildkröte und blinzelte listig mit bläulichen Augen im butterweißen Köpfchen.

Das Wundern kam mir abhanden; ich wunderte mich schon über gar nichts mehr, auch nicht darüber, daß die Schildkröte sprach, denn ich hatte sie ja zuerst angeredet und eine Antwort erwartet. Und weil ich mir wünschen sollte, etwas zu werden, so wünschte ich mir, ein Gott zu werden. Mensch war ich schon so lange. Ein Tier, ein Vogel, war ich gestern gewesen. Heute wollte ich für die Nacht ein Gott sein.

»Ja, dann kannst du aber nur ein Buddhagott werden, andere Göttergestaltenkennen wir hier im Javanerlande nicht«, antwortete mir meine weiße Schildkröte.

»Gut, ich werde ein Buddhagott und wünsche mir, eine Göttin zu küssen«, sagte ich fröhlich lachend und nahm die Märchennacht noch immer nicht ernst.
»Berühre mit dem Zeigefinger mein Rückenschild, dort, wo in der Mitte das Buddhabild eingegraben steht!« sagte mir meine gute Schildkröte und schwamm ganz nah an den Beckenrand heran, wo ich stand.

Ich bückte mich und tat, wie sie mir gesagt hatte. – Nichts geschah. Die Schildkröte im Wasser schien nur etwas zu wachsen und größer zu werden, aber mit mir ging nichts vor. »Setze dich jetzt mit gekreuzten Beinen auf meinen Rückenschild, dort, wo das Buddhabild ist!« Ich stieg vorsichtig vom Rand des Beckens und versuchte auf den glatten Rücken der Schildkröte zu klettern. Es gelang mir seltsamerweise ganz leicht. Kaum wünschte ich dort zu sitzen, so saß ich auch schon fest mit gekreuzten Beinen und fühlte mich sicher, wohl und ruhig auf dem Schild, als ob ich mein Leben lang nie wo anders gesessen hätte. »Nun bringe ich dich zur Göttin des südlichen Ozeans. Denn sie ist gerade heute zu sprechen und hat Empfang«, tönte es unter meinem Sitzschild hervor.

»Tu das, meine beste Schildkröte!« sagte ich sanft und bedächtig. Ich begriff nur nicht, wie wir beide aus dem Fischbecken des Gasthofes zum südlichen Ozean gelangen sollten.

Aber die Schildkröte bewegte nur die vier weißen Pfötchen ein wenig und schwamm nach der Mitte des Beckens. Ich sah, wie sich um uns ein Wasserkreis bildete, ein zweiter und ein dritter, und alle Kreise wuchsen zur Ferne; und der erste wurde schon so groß, daß ich ihn nicht mehr mit den Augen verfolgen konnte; und als ich rundum sah, hatte der Wasserkreis den steinernen Beckenrand weit in die Ferne geschoben. Ich sah, wie das Wasser des Beckens sich ausbreitete. Alles, was um das Beckenufer war, zog weit fort und verschwand.

Und ohne daß wir von der Stelle kamen, waren wir mit einemmal mitten in einem weiten, uferlosen Ozeanmeer. Es wurde mir aber gar nicht bang vor dem vielen Wasser. Ich fühlte mich auf meiner runden Schildkröte ruhiger als im größten Schiff. Ein uferloses stilles Glücksgefühl war in mein Herz eingezogen, und es war mir, als sei alles Leben ein gereimtes Gedicht, – so im Takt von Rhythmus und Harmonie bewegte sich mein ganzes Wesen, wenn es den ruhig rudernden weißen Pfötchen der Schildkröte zusah.

Es wurde am Himmel nicht heller, sondern ich merkte, daß der Abend immer dunkler wurde, aber eine milde Helle ging vom Rückenschild der weißen Schildkröte aus; und im Kreise um die Schwimmende war das Wasser auf Armeslänge hinaus durch das Licht, das von der Schildkröte kam, milde golden erhellt.

›Das ist eine wunderschöne gefahrlose Fahrt zur Königin und Göttin des südlichen Ozeans‹, dachte ich still für mich. ›Ich bin der lieben, edlen Schildkröte von Herzen dankbar, daß sie mich in Frieden dahinführt.‹

»Versuche an nichts zu denken, als an dich selbst und an die Göttin des südlichen Ozeans«, sagte die schwimmende Schildkröte. Ich kannte aber die Göttin gar nicht; und da ich nichts Besseres wußte, stellte ich mir, überzeugt, daß es auch nichts Besseres geben könnte, das Gesicht der Frau vor, die ich in Deutschland am liebsten habe. Und an sie und mich dachte ich gern.

Mit der Zeit erhellte sich das Meer auch an andern Stellen, und ich sah, daß dort lange Züge von Fischen in derselben Richtung zogen wie meine Schildkröte; auch sie leuchteten aus sich selbst, aber nicht golden, sondern grünlich wie schwimmende Smaragdsteine.

Und dann sah ich rötliches Licht im Wasser erscheinen, und ich erkannte Scharen von rubinäugigen kleinen Seepferdchen, – auch sie zogen denselben Weg wie ich, und die roten Rubinaugen beleuchteten ihren Weg.

Und dann sah ich Scharen von schwimmenden Frauen im Wasser erscheinen. Sie hatten aber nur den Oberkörper von Frauen; ihr Unterkörper, wenn er sich erhob, war der Leib einer großen Seeschlange. Und manch eines dieser Weiber hatte einen Schlangenleib, länger als eine Meile. Diese Frauen glänzten am Fischleibe in bläulichem Licht; rosafarben aber, wie fleischfarbige Muscheln, war der Schein ihrer Oberkörper. Und wenn man den Schlangenunterleib nicht betrachtete, so waren sie lieblich anzusehen, diese Frauen, und wenn sie lächelten, begannen die Wasser rund um sie vor Freude zu singen; ich aber verstand die langen Lieder des Wassers nicht, denn das Meer sang hier in der Sprache des südlichen Ozeans.

So kamen wir harmlos weiter, und es fiel mir keinen Augenblick ein, an etwas anderes zu denken als an die Frau, die ich liebte, und an mich selbst. Dann aber hörte ich dumpfe Gongschläge, weithin dröhnende, und das Wasser wurde weißer und weißer von Schaum, und der Schaum leuchtete, wie Schnee bei Nacht leuchtet, und es wurde zuletzt auf dem Meere taghell vom Schaum, der auch seine Lieder sang, die aber alle einen knisternden Laut hatten, so wie perlender Schaumwein in einem Glase knisternd singt. Aber am Himmel oben blieb es dunkle Nacht, und nur das Meer unten war taghell leuchtend. Es schien auch kein Mond und kein Stern am Himmel. Doch das Dunkel oben war nicht furchtbar und erschreckend; die Dunkelheit dort oben war, als sei sie erfüllt von Millionen sanfter, dunkler Augen, die alle voll Liebe auf das helle Meer herabsahen. Und vor liebenden sanften Augen kann man doch unmöglich Furcht bekommen.

Zuletzt war das Meer wie schäumende weiße Milch, und die Gongschläge waren von großer Musik aus Meermuscheln begleitet, und ich sah: in der Mitte des weißen Meeres bildete das schäumende Meer eine große herrliche Laube. Und der Schaum stieg dort in Gestalt von Tausenden von weißen Lilien in die Höhe, und die Lilien bildeten weiße Blütenketten, die hingen frei in der Luft im Dunkel. Die Lilienketten waren aber alle nur von der Freude hochgetragen, daß sie sich zu Häupten der Göttin des südlichen Ozeans ranken durften. Und auch aus den Ästen weißer und rosiger Korallen war schön die Laube gebildet, in der ich bald die ersehnte Göttin sehen sollte.

»Sie hat heute Empfang«, hatte die Schildkröte am Anfang der Schwimmfahrt zu mir gesagt.

»Weiter kann ich dich nicht bringen«, sagte die Schildkröte jetzt, als der Schein des Schaumes rosig wurde; denn weithin leuchteten die rosigen Schultern der Göttin. »Und hier, wo das Wasser vom Schein der Göttin leuchtet, dürfen nur die persönlich Eingeladenen hintreten. Nimm aber die Watte aus meiner rechten Ohrhöhlung und stelle dich furchtlos auf das kleine Watteklümpchen, – es wird dich zur Göttin bringen.«

»Sei bedankt, liebe Schildkröte«, sagte ich, »aber erwarte mich hier später, um mich heimzubringen!«

»Das wird sich finden!« sagte die kluge Schildkröte, nicht verneinend und nicht bejahend, und immer vornehm gelassen und friedlich. Ich zog mit dem Fingernagel meines Zeigefingers das Watteklümpchen aus dem rechten Ohr der Schildkröte, legte es neben mich in das weißschäumende Wasser, und sogleich breitete sich die Watte aus und wurde zu einer großen weißen Seerose, die war noch größer als die Schildkröte und hatte neuntausendneunhundertneunundneunzig Blätter. Dieses wußte ich sogleich, als ich die große schwimmende Blume betrachtete.

Ich stieg von der Schildkröte in die Mitte der Blume, und die Schildkröte tauchte sofort unter und war verschwunden.

Kaum aber war ich in die Mitte der neuntausendneunhundertneunundneunzig Blütenblätter getreten und hatte mich mit gekreuzten Beinen niedergesetzt, wie es einem Buddha geziemt, da begann die große weiße Blume taghell golden wie die Sonne zu leuchten, und nun erhellten sich auch die dunklen Augen des Himmels, und der Himmel schaute mit reinen blauen Augen herunter, und es war goldener Tag. Nur mit dem Unterschied, daß die Lotosblume, die Seerose, wie das goldene

Spiegelbild einer Sonne mit neuntausendneunhundertneunundneunzig goldenen Strahlenspiegeln auf dem Meere schwamm; doch am blauen Himmel war keine Sonne zu sehen, – der Himmel bekam sein Licht von der goldenen schwimmenden Rose.

Die Blätter der Blume begannen nun, als sich die Rose in Bewegung setzte, auch zu singen, und je höher die Blätter sangen, desto höher hob sich die goldene Rose aus dem Wasser; sie schwebte zuletzt frei in der blauen Luft wie die Sonne selbst.

Mir wurde ganz wunderlich zumut. Aber das alles schien mir nichts Außergewöhnliches zu sein, dachte ich dabei an das Gesicht der Frau, die ich liebte.

»Es ist die Liebe, die dich trägt«, sangen die Rosenblätter mir zu. »Es ist die Liebe, die uns alle bewegt«, sangen die weißen Lilien der hohen Meereslaube zurück und schaukelten silberweiß unterm herrlich blauen Himmelszelt.

Auf jedes Rosenblatt aber der neuntausendneunhundertneunundneunzig Blätter war ein Lied geschrieben, ein Liebeslied, und alle Blätter zusammen bildeten ein einziges zusammenhängendes großes Liebeslied, das war ganz wundervoll anzuhören.

Und wie ich mit meiner Blume mitten in die Laube kam, stieg eine wunderschöne Frau aus dem Meer und stand auf dem zehntausendsten Blatt meiner Rose. Und dieses schloß sich meiner Blume an, und die Göttin des südlichen Ozeans stieg zu mir auf die goldene, jetzt vollkommene Seerose.

Kein Blatt fehlte nun mehr an der Rundung der Rose, und das schönste Lied war gerade auf jenes Blatt geschrieben, das die Göttin mir aus der Meerestiefe mitgebracht hatte.

»Nun hast du mir zehntausend goldene Rosenblätter und zehntausend Lieder gegeben; und niemals soll es anders sein«, sagte ich zu der Göttin.

»Niemals soll es anders sein«, anwortete sie, und wir waren, vom Gesang der Wellen gehoben, weit in den blauen Himmel gestiegen, aber unter uns lag nun das Meer nicht mehr mit weißem Schaum bedeckt, sondern mit hunderttausend großen goldenen Seerosen, und alle waren mit goldenen Liebesliedern beschrieben, und alle Rosen hatte mir die Göttin des südlichen Ozeans gegeben.

So weit das Meer reichte, war Rose an Rose, und jede Rose hatte zehntausend goldene Rosenblätter, und jede hatte zehntausend Liebeslieder auf den goldenen Blättern. In jedem zehnten Jahre hatte ich eine Rose erhalten. Und da das Meer weithin mit Rosen bedeckt war, konnte ich an den Rosen nicht mehr die Jahre abzählen, die ich die Göttin der Südsee geliebt hatte. »Gestern sollte ich dir als Prinzessin begegnen«, sagte die Göttin lächelnd, »aber im letzten Augenblick wurde ich daran verhindert, – ich verfehlte den Weg, und als ich zu den Goldregenbäumen kam, fand ich dich dort nicht.«

Ich wurde rot bei dem Gedanken, daß mich der javanische Kaiser gestern als Beo dem Tode preisgegeben hatte.

»Desto höher bist du heute wieder gestiegen«, antwortete mir die Göttin, mich aus tiefstem Herzen anlächelnd und sanft errötend. Und da wir umschlungen auf der goldenen Rose saßen und auf die Meereswelt sahen, sagte die Göttin: »Es fehlt nichts mehr zu unserem Glück; sieh, das ganze Meer, so weit wir schauen, hat sich in den Jahren, seit wir uns liebten, mit goldenen singenden Rosen bedeckt.«

»Ja«, sagte ich, »in Göttergestalt haben wir nun zehntausendmal zehntausend und mehr Jahre das Glück der Liebe erlebt; laß uns deshalb heute einmal einfachste und niedrigste Menschengestalt annehmen, und dann wollen wir sehen, ob wir als schwache Menschen nicht auch so stark glücklich werden können, wie wir Götter es bisher gewesen sind.«

Sie stimmte mir nicht laut zu. Aber sie liebte mich auch zu sehr, um mir nicht jeden Wunsch freudig erfüllen zu wollen. Und darum nickte sie nur und lächelte milde und voll Güte über meinen seltsamen Wunsch.

Ich aber fuhr fort: »Die Viertelstunden sollen heute Jahre vorstellen, und der Tag ein Menschenleben; laß uns ans Land gehen und dort die Gestalten annehmen, die uns am Wege begegnen.« Sie zögerte ein wenig, aber dann nickte sie. Und sie winkte, und alle Rosen versanken, und die Laube aus Lilien und Korallen zerstob ins Leere, und an ihre Stelle trat die rauschende, hochkochende, wilde Brandung der Südküste Javas.

Und unsere goldene Rose senkte sich zum Wasser und wurde ein einfacher Kahn, und wir ließen uns von der Brandung ans flache Sandufer werfen, und unser Kahn zerfloß dort im Sande in Nichts; wir aber waren unsichtbare Luftgestalten, die noch keinen Körper hatten. Und Hand in Hand gingen wir über den aschgrauen Dünensand, ohne einen Fußabdruck zu hinterlassen.

»Gehe du zur Linken, ich wende mich zur Rechten«, schlug ich vor. »Das erste Mädchen von sechzehn Jahren, dem du begegnest, von dessen Herz nimm Besitz, ich werde von dem Herzen des ersten jungen Mannes von neunzehn Jahren, der mir begegnet, Besitz ergreifen und sein Leben leben. Wir wollen nicht sagen, wo wir uns treffen; aber wenn wir uns wiedersehen, gib du dich mir dadurch zu erkennen, daß du mir den Vers sagst: ›Es ist die Liebe, die uns trägt; es ist die Liebe, die uns alle bewegt!‹ Und so werde ich auch tun. Habe ich aber den Vers vergessen, oder vergißt du ihn, so haben sich unsere Herzen trotz den zehntausendmal zehntausend Jahren nie gekannt, und dann sollen alle goldenen Rosen vergehen, und alle Liebeslieder sollen vergessen sein. Dann müssen wir auch als Götter wieder von neuem beginnen, uns lieben zu lernen.«

Also taten wir. Und ich ging zur Rechten und fand, als ich einen Tag gewandert war, einen jungen Mann von neunzehn Jahren, der saß am Wege und war arm und hütete Ziegen. Und ich, da ich immer noch unsichtbarer Gott war, blies ihm seine Seele in den Augen und im Herzen aus und schickte sie als kleine Wolke in den Himmel. Als der junge Mann dann also entseelt im Grase lag, betrachtete ich ihn und sagte zu ihm: »Merke den Vers: Es ist die Liebe, die uns trägt; es ist die Liebe, die uns alle bewegt.« Und ich trat in das tote Herz des jungen Menschen ein, und dieser stand auf, und ich ging als junger Ziegenhirte unter den Bäumen hin. Als es Abend wurde, stand ich da und wußte nicht, wohin ich die Ziegen heimtreiben sollte. Ich pfiff ihnen auf meiner Bambusflöte und lehrte der Flöte den Vers, den ich im Herzen trug, und wanderte fort, und die Flöte sang den Vers vor mir her. Und als ich weiterging, sprangen die Ziegen einen Hügel hinauf, und ich folgte ihnen, und auf dem Hügel oben stand unter den Bäumen ein leeres Häuschen, und neben dem Haus war ein Ziegenstall, der war auch leer, und die Türe stand offen. Die Ziegen drängten aber von selber in den Stall, und ich erkannte an der Selbstverständlichkeit der Tiere, daß sie hier zu Hause waren und dieses mein Häuschen war.

Ich wußte aber nicht, ob ich noch Vater und Mutter oder Brüder oder Schwestern hätte, die zu diesem Hause kommen würden.

Im Hause aber fand ich zwei Kammern hinter dem Vorraum, in dem ein kleiner gemauerter Herd stand.

In der einen Kammer erkannte ich Frauenkleider und Frauenjacken aus dünnem Florstoff. Und ein Kästchen mit Frauenhaarnadeln. Auch stand dort ein Webstuhl, auf den eine angefangene Webarbeit gespannt war.

In der anderen Kammer waren Werkzeuge, ein Messer, eine Axt und andere Dinge, die darauf schließen ließen, daß hier ein Mann wohnte.

Ich sah aber nach einer Stunde, als ich vor der Türe saß, ein sechzehnjähriges junges Mädchen, das trieb am Fuße des Hügels eine große Schar Enten vorüber und sang dabei ein Lied.

›Oh‹, dachte ich, ›sollte es möglich sein, daß meine Göttin mir heute noch begegnet?‹ Ich ging rasch den Berg hinunter und verfolgte das junge Ding von sechzehn Jahren. Sie sah mich kommen, wendete sich um und blieb mit einem Lächeln wartend unter einem Papajabaum am Wege stehen.

»Wie heißt du?« fragte ich das hübsche Kind.

»Ach«, sagte sie, »verstelle dich nicht so, Amat!« Und sie schlug mir leicht mit der dünnen Gerte, die sie in der Hand hatte, über den Arm. Da wurde mein Blut von dem leichten Schlage so warm, als ob es Feuer geworden sei. Und ich dachte mir: ›Sollte meine Göttin mich schon gleich erkannt haben?‹ Und ich lachte und umfaßte die Kleine, um sie an mich zu drücken und ihr den Vers zu sagen.

Aber sie wich mir gewandt aus und rief: »Seit wann küßt denn ein Mann die Schwester seiner Frau auf diese Art? Pfui, schäme dich, Amat!«

Ich wußte nun gar nicht, was ich tun sollte. Ich sah ein, daß das Mädchen gar nicht meine Göttin war, und ich lachte und fragte: »Gehst du nach Hause?«

»Ja«, sagte sie, »ich gehe zu meinem Mann und werde deine Frau von dir grüßen. Dort kommt mein Mann mit unserm Kinde.«

Und da ich von weitem einen Mann mit einem Kind an der Hand kommen sah, murmelte ich einige dumme Worte, ließ sie stehen und ging den Hügel hinauf. Als ich oben zum Hause zurückkam, saß da am Boden ein Mann vor der Türe und schlug mit seinem langen Messer Gras, das vor dem Hause wuchs. Er nickte und sagte zu mir: »Das sind deine Ziegen, Amat, dort im Stall; ich will ihnen für die Nacht etwas Grasfutter geben. Ich nehme an, daß du die Nacht mit deinen Ziegen hierbleiben willst, weil du deine Tiere in meinem Stall untergestellt hast. Du fürchtest wohl das Gewitter, das aufzieht, aber ich fürchte mich nicht. Seit mein Weib gestorben ist, ist mir das Leben zuwider.« Ich staunte über seine Rede. Es war gar kein Gewitter im Anzug, schien mir. Doch ich glaubte, er fühle das Gewitter vielleicht als Reißen in seinen

Gliedern voraus, indessen ich das Wetter noch nicht kommen sehen konnte. Was er aber da alles von seinem Weibe erzählte, wunderte mich besonders, denn er war noch ein ganz junger Mann, und sprach so lebensmüde wie ein Alter.

»Die Götter schenken einem nie zweimal dasselbe Glück«, fuhr er fort. »Darum sollte man sein Glück nicht allzuleicht versuchen und damit spielen.«

»Hast du denn mit deinem Glück gespielt?«

»Ja, das habe ich«, gestand der Mann. »Wir waren so glücklich, daß mich mein großes Glück zuletzt am ganzen Leibe juckte und ich eine helle Sehnsucht nach ein wenig Abwechslung hatte. Ich habe mein junges Weib fortgejagt und habe ihr gesagt, daß sie nur heimkommen dürfe, wenn sie mir wenigstens fünfzig Enten ins Haus bringe. Denn du mußt wissen, hier in der Gegend steht man sich gut bei der Entenzucht.«

›Ah‹, dachte ich mir, ›das junge Mädchen da unten war doch meine Göttin; sie ist der verjagten jungen Frau begegnet und hat ihre Gestalt angenommen. Sie hatte von ihr vorher den Wunsch gehört, den ihr der Mann mit auf den Weg gab. Nun kam sie des Weges mit fünfzig Enten. Aber warum deutete sie dann auf den Mann mit dem Kinde, der auf der Straße daherkam?‹ dachte ich weiter, und ich konnte nicht klug daraus werden, ob ich recht oder unrecht hätte, das Mädchen mit den Enten für meine Göttin zu halten. Wenn ich nur gewußt hätte, wo ich wohnte. Meine Göttin saß vielleicht in diesem Augenblick bei dem Mann, der auf der Landstraße dahergekommen war, in dessen Haus. Ich wurde ärgerlich vor Eifersucht. Ich fragte den Mann, der das Gras schlug: »Bist du denn nicht eifersüchtig, wenn deine Frau einen andern Mann nimmt und gar nicht zu dir zurückkehrt?«

»Nein«, sagte er, »ich habe sie zu sehr geliebt, ich muß ausruhen von meiner Liebe.«

»Ach, was bist du für ein Scheusal, Mensch«, konnte ich nicht unterlassen zu sagen.

»Ich bin nicht schlimmer als du auch«, lachte da mit einemmal der andere.

Mir war, als kennte ich ihn. Aber ich fand nicht heraus, wo ich diesen Mann schon gesehen hatte. »Was weißt du vor mir?« fragte ich verblüfft.

»Wir sind doch Männer, und die Männer kennen sich alle, sie sind sich auf der ganzen Welt gleich«, gab er zurück. Und nachdem er den Ziegen das Gras hingeworfen, setzte er sich in die Hütte und nahm aus seinem Gürtel ein winziges Kartenspiel und legte die kleinen Spielkarten vor sich auf die Fußbodenmatte und betrachtete aufmerksam die Karten, als ob er sie auswendig lernen müßte. Ich zerbrach mir vergeblich den Kopf, wo ich diesen Mann schon gesehen hätte. Da ich nicht wußte, was ich ihn weiter fragen sollte, legte ich mich beim Herd in die Zimmerecke nieder. Dort auf dem Herdrand stand ein kleines Lämpchen, dessen Docht rauchte; es war ein schwacher Lichtschein in dem Vorraum der Hütte. Ich war sehr gepeinigt und in Angst um meine Göttin. Und ich ärgerte mich bereits, daß ich meine Göttlichkeit aufgegeben und ihr und mir vorgeschlagen hatte, schwache Menschen zu werden. Denn ich wußte von dem Körper, in dem ich jetzt saß, gar nichts, und er sagte mir auch nicht, wer er war, – ich wußte nichts weiter von mir, als daß ich ein neunzehnjähriger junger Javanenmann war und draußen im Stall eine Ziegenherde hatte, und daß mich die Liebe zu einer Göttin plagte, die ich leichtsinnigerweise verloren hatte, aus allzu großem Glück und im Überschwang aller Seligkeit, die ich nun zehntausend mal zehntausend Jahre und mehr genossen hatte. Dieses wußte ich. Und nun war ich zwar noch ein Gott mit göttlichen Wünschen, aber in einem schwachen Menschenkörper wohnhaft, und wußte nicht, wie ich mich da drinnen in dem neuen Leib benehmen sollte. Denn alles, was dieser Leib tat, was sehr beschränkt. Er gestattete mir nicht, daß ich unsichtbar würde. Der Leib gestattete mir nicht, daß ich göttlich zufrieden sei. Der Leib gestattet mir nicht, daß ich ohne Speise und Trank und ohne Todesfurcht lebe, nur von innerer Seligkeit genährt, wie ich es im Buddha-Gottleib zehntausendmal zehntausend Jahre und alle Zeiten hindurch gewohnt gewesen war. Und wenn es mir schon so ungemütlich zumute war, – wie erst mußte sich meine arme Göttin des südlichen Ozeans in der Gestalt eines sechzehnjährigen Mädchens fühlen, sie, die im Ozean des Glückes in der Freiheit gelebt hatte. So lag ich in der Ecke und betrachtete das kleine stinkende Lämpchen in der armseligen grauen alten Kammer der Hütte und hatte allen Übermut, allen göttlichen, verloren vor kleinlichen Menschensorgen und vor großer göttlicher Herzensorge nach meiner verlorenen Göttin.

Auch knurrte mein Magen vor Hunger, meine Zunge war trocken vor Durst, mein Leib war zerschlagen vom Kummer, und ich begann zu seufzen, ohne daß ich es wußte. Ich glaubte aber, als ich den Seufzer hörte, es mache ein anderer Geräusche in der Kammer. Denn ich hatte als Buddha-Gott in den zehntausendmal zehntausend Jahren nie einen Seufzer gehört. »Wer macht da solch ein seltsames Geräusch?« fragte ich den in seine Karten versunkenen Besitzer der Hütte.

»Das ist der Herr Kummer«, anwortete mir der Mann.

»Wohnt denn noch einer hier im Hause außer dir?« fragte ich den Mann.

»Ja, augenblicklich wohnt noch der Herr Kummer hier.«

Ich schwieg und dachte bei mir: ›Vorhin war doch die Hütte leer. Nun sind inzwischen zwei Männer nach Hause gekommen; was soll ich nur in der fremden Hütte anfangen? Die Ziegenherde kann ich auch nicht brauchen. Was soll ich mit ihr? Es ist besser, wenn ich dem Mann sage, er solle die Ziegen dorthin bringen, wo sie hingehören. Noch besser aber ist, ich sage gar nichts. Ich will den Mann mit dein Herrn Kummer allein lassen und in die Nacht fortgehen.‹ Ich hörte, daß die Ziegen im Stall nebenan polterten. Und da sagte ich:»Ich habe vergessen, meine Ziegen zu melken. Ich will das tun, so lange der Mond aufgeht; dann ist es im Stall hell.« Denn ich sah, daß der Vollmond draußen, der aufgehende, waagrecht vom Meeresrand durch die Hüttentür hereinleuchtete und friedliches Licht gab. Der Mann schob mir mit einer Hand einen Melkeimer hin, und mit der andern hielt er seine Spielkarten am Boden fest, damit sie nicht fortflögen im leichten Luftzug, den meine Schritte machten.

Und ich nahm den Melkeimer und ging. Im Ziegenstall war es aber nicht hell, weil die Tür nicht nach der Mondaufgangseite lag; und ich tastete mich drinnen im Dunkeln zu einer Ziege. Da ich das Melken auch gar nicht verstand, klammerte ich mich an eine Ziege fest und legte meinen Kopf unter das Ziegeneuter und trank die Milch vom Tier. Denn ich war sehr durstig, aber beim Trinken bekam ich viel Rippenstöße von den Tieren. Nachdem ich mich mühsam gelabt hatte, tastete ich mich aus dem dunkeln Stall ins Freie.

Als ich im Vorüberschleichen zur Hüttentür hineinsah, war der Vorraum leer. Und ich sagte mir: ›Der Hausherr ist in seine Kammer gegangen. Ich werde mich leise fortschleichen‹, – da sah ich einen Lichtschein, der den Hügel heraufkam. Und ich erkannte von weitem eine junge javanische Frau, die eine Laterne in der einen Hand hielt und einen dicken, langen Stock in der andern Hand trug und sehr lebhafte und aufgeregte Bewegungen mit dem Stock machte und außerdem mit sich selbst sprach, laut und zankend und sehr ärgerlich. Es war aber niemand in ihrer Nähe. Ich sah nun auch, daß die Frau ein Fischnetz um den Leib trug. Das hatte sie umgeschlungen über ihrem Sarongrock, um das Netz nicht in der Hand tragen zu müssen. Und ich erkannte, daß die Frau eine lange Wanderung gemacht haben müßte, denn sie war ganz atemlos und sah staubig und zerzaust aus.

Sie war aber jung und schien nicht älter als sechzehn Jahre zu sein.

›Ist das meine Göttin, die mich mit der Laterne sucht?‹ fuhr es mir durch den Sinn. Aber da stand plötzlich die Frau vor mir, schneller, als ich erwartet hatte; und kaum hatte sie mir mit der Laterne ins Gesicht geleuchtet, so regnete es Schläge auf mich, daß mir alle Glieder sangen vor Schmerzen. Und der Stock der Frau zerbrach beim letzten Schlage, und ein Teil davon flog im Bogen vom Hügel und flog so weit, daß ich ihn fern unten im Meereswasser aufschlagen hörte. Daß der dicke, lange Stock zerbrechen konnte, das war mir erstaunlich. Und ich dachte: ›Gottlob, daß der Ziegenhirte, dem ich die Seele ausgeblasen habe, nicht schwächlich war, sonst wären alle meine Glieder und nicht der Stock von dem Prügeln zerbrochen.‹ Indessen ich noch verwundert war über dieses Menschenleben, hörte ich schon während der Prügel, die da auf mich herabregneten: dieses wilde Weib war das mir, dem Ziegenhirten Amat, ehelich angetraute Weib, das einige Meilen weit aus ihrem Dorf im Kahn herbeigerudert war, um mich zu suchen. Sie behauptete, ich wäre nur deshalb nicht nach Hause gekommen, um ihrer Schwester, der Entenhirtin, am Wege aufzulauern. Und diese habe es schon allen Leuten erzählt, welch einen Schelm von einem Mann ihre Schwester hätte, der die Weiber nicht in Ruhe lassen könnte, und der die Ziegen nicht heimbringe zur Melkstunde, wie es sich gehöre, sondern unterwegs fremden Häusern zur Last falle, anstatt heimzugehen ins eigene Heim und zum eigenen Weib. Aber sie wolle mich gar nicht zu Hause haben. Und sie nähme jetzt ihre Ziegen selbst in Obhut. Ich aber könnte mich aufs Meer scheren und dort Fische fangen; denn dort wäre sie wenigstens sicher, daß ich nichts Dummes anstellen würde. Und sie warf mir das Fischnetz, das sie sich in aller Heftigkeit vom Leib losmachte, vor die Füße und hieß mich, augenblicklich ans Meer hinuntergehen und hinausfahren, um im Mondschein zu fischen; sie werde hier bei dem rechtschaffenen Mann und seinem Freunde, dem Herrn Kummer, für die Nacht Unterkunft nehmen. Ich schwieg. Und ich kam auch gar nicht zu Wort. Ich wurde gar nicht nach Ja und Nein gefragt. Sondern das dicke Stockende, das diese wütende Erscheinung in der Hand hielt, strich mir noch ein paar Hiebe auf den Rücken, und ich ergriff rasch das Netz und stürzte hügelabwärts, entsetzt über dies Erlebnis. Ich hatte wohl von der Entenhirtin vorhin gehört, daß ich ihre Schwester zur Frau habe; aber daß diese Frau eine solch lebhafte Gestalt sei, das hatte ich mir nicht vorgestellt. Der Ziegenhirt, dem ich heute den Leib abgenommen hatte, konnte mir eigentlich dankbar sein, daß ich ihn als Wolke im friedlichen Himmel wandern ließ. ›Dort erwartet ihn wenigstens kein böses Wort‹, dachte ich und rieb mir die Glieder. Es war aber seltsam: die Hiebe, die ich eben bekommen hatte, schmerzten wohl, aber sie brannten mich nicht. Wie tief aber, bis ins Herzblut, hatte sich der eine leichte Schlag mit der Gerte in mein Blut eingebrannt, den ich vorhin an der Landstraße von der Entenhirtin bekommen hatte. Daran mußte ich denken. Ich sah mich erschrocken um, ganz ängstlich, daß meine Frau dort oben im Hause vielleicht etwas von meinen Gedanken hören könnte.

Und wie ich mich umsah, stand die Hüttentür weit offen, und ich sah bei dem Laternenschein zwei Gestalten drinnen am Boden hocken, eine männliche und eine weibliche. Beide hielten Karten in den Händen, und sie schienen sich mit Kartenspiel zu vergnügen.

›Nun, das ist noch schöner. Mich jagt mein Weib in die Nacht aufs Meer hinaus, und nun sitzt sie dort mit dem Hauseigentümer, und beide spielen Karten!‹ Die beiden kannten sich natürlich schon länger, denn er hatte auch mich und meine Ziegen gekannt, als ich zu ihm kam. Jetzt verstand ich auch, welches Gewitter der Mann gemeint hatte. Er hatte geglaubt, ich fürchte mich, zu meiner Frau heim zu gehen, da ich bei ihr ein Stockgewitter erleben könnte, so wie es eben übermäßig auf meinem Rücken eingeschlagen hatte. In welche Gesellschaft von Menschen war ich da geraten. ›Aber man spielt auch nicht mit Menschenleben und nicht mit Götterliebe‹, mußte ich mir gestehen. ›Wie durfte ich nur zu meiner Unterhaltung so leichtsinnig die Seele eines Ziegenhirten als Wölkchen fortblasen und mich in den unbequemen Menschenleib hineinsetzen? Das war zu dumm gehandelt.‹ Aber ich konnte es nicht ändern. Denn einmal in den Menschenleib hineingefahren, hatte ich keinen Götterwillen und keine Göttermacht mehr, als bis das Leben dieses Ziegenhirtenleibes erloschen war. Wenn ich nur wenigstens meine Göttin als sechzehnjähriges Mädchen wiedergefunden hätte, dann wäre ich vielleicht im Leib dieses Ziegenhirten ganz glücklich geworden.

Da hörte ich einen Knall. Die Tür der Hütte oben war zugeflogen. Ich mußte sofort wieder denken, daß ich aus diesem Irrgarten, in den ich freiwillig eingetreten, als ich der Ziegenhirt Amat wurde, mich nicht so bald wieder herausfinden würde. Denn diese Frau, meine, des Ziegenhirten Amat, Frau, die ließ nicht mit sich spaßen. Das hatte ich eben erleben müssen.

Am Meeresstrand angekommen, fand ich auch wirklich dort auf dem leeren Dünensande im Mondschein einen Fischerkahn. Ich verstand mich aber weder aufs Rudern, noch aufs Segeln, und auch nicht aufs Fischen. Denn vorher, als Buddha-Gott, war ich zehntausendmal zehntausend Jahre und mehr immer nur auf goldenen Lotosblumen durch die Luft einher gesegelt, und im Meer auf der weißen Schildkröte;

und da brauchte ich nicht Ruder, nicht Segel, und die Fische kamen mir auf Wunsch in die Hand geschwommen, wenn ich es nur dachte, solange ich der Gott Buddha gewesen war. Aber nun als Ziegenhirt Amat konnte ich nicht einmal Ziegen melken; und von Meeresfahrten hatte ich keine Ahnung, so wenig wie ein neugebornes Kind von diesen Dingen ein Wissen hat, denn ich war ja nicht in diesem Leibe aufgewachsen. Wie ich noch dastand und überlegte, kam der Mond aus der fernen Wolkenbank breit und rund zum Vorschein. Und wie ich den weißen Vollmond ansah, mußte ich an den Rücken einer weißen Schildkröte denken. Beim Gedanken aber an die gute weiße Schildkröte, die mich einst ins Meer hingetragen hatte, stieg ich in den Kahn, und seltsamerweise ging mir alles nun so leicht von der Hand, als wäre jemand unsichtbar um mich und mir behilflich, den Segelbaum im Kahn aufzurichten, die Segel zu stellen, die Ruder zu führen und das Boot vom Strand abzustoßen. So wie man einem Kind beim Schreiben die Hand führt, so war da eine Kraft, die meinen Händen und meinem Verstand das Arbeiten zeigte. Und es schien mir angenehm, da ich mich nicht mehr so einsam fühlte wie vorher, nachdem der Kahn vom Ufer fortgetrieben war. Ich warf das Netz aus, und bald war es reich voll Fischen. Und der Fischfang machte mir Spaß, er lenkte meine Gedanken von meinen Sorgen ab. Dann aber, wie ich den Kahn zum Lande zurücklenken wollte, merkte ich zu meinem Schrecken, daß ich gar nicht mehr in der Nähe des Landes war, sondern weit draußen im Meeresspiegel hintrieb; auch der Kahn gehorchte mir nicht mehr. Da wurde ich müde und dachte: ›Ich will schlafen, werde, was da will! Wenn ich im Meer sterbe und untergehe, werde ich doch wieder ein Buddha-Gott; also das Sterben ist für mich nicht das Schlimmste.‹ Und da ich nichts anderes hatte, wo ich meinen Kopf hinlegen konnte, mußte ich, auf den kühlen, glatten Haufen schnalzender Fische hingestreckt, im Kahn schlafen. Es störte mich aber gar nicht, dort zu liegen, denn es überfiel mich eine unnatürliche Müdigkeit, die ging von der Einsamkeit der stillen Mondnacht wie eine Betäubung auf mich über. Und ich fiel in einen tiefen Schlaf.

Dann aber erwachte ich dadurch, daß mein Schiff beim Vollmond landete; und der Mond, als ich ihn nah vor mir sah, war wirklich eine große weiße Schildkröte. Die Schildkröte war groß wie eine Insel, und sie trug ein schönes weißes Elfenbeinschloß und einen großen Garten mit sich, aber alle Bäume und alle Pflanzen dort im Garten waren aus gefärbtem Elfenbein und Perlmutter. Eine große Elfenbeinfreitreppe führte auf dem Rücken der Schildkröte vom Meer nach dem Schloß.

Die weiße Schildkröte hob am Ende des Gartens den Kopf aus dem Meer und nickte mir von weitem mit ihren leuchtenden Äuglein zu und sagte:

»Nun ruhe dich nur in der Vollmondnacht bei mir im Schloß ein wenig von allen Erlebnissen aus. Es erwartet dich zwar niemand hier, und morgen früh mußt du wieder ans Land zurück und weiterleben. Aber heute nacht sollst du auf glattem, kühlem Seidenbett ausschlafen, und vorher sollst du dich laben.«

Ich wollte der Schildkröte antworten, merkte aber, daß ich, seit ich sie erblickt hatte, stumm geworden war, so wie einer, der schläft, stumm ist. Und ich dachte: ›Es ist gut so, ich werde nach diesem elenden Tag herrlich in dem schönen Schloß ausruhen.‹ Und ich ging durch den Garten, und als ich mich im Teichspiegel aus Gold, der in der Mitte des unbeweglichen Elfenbeingartens lag, spiegelte und mich im Vorübergehen betrachtete, da hatte ich meine Buddhagestalt wieder und war kein Ziegenhirt mehr. Und im Elfenbeinschloß war alles weiß und glatt, und herrlich geschnitzte Treppengeländer und fein gedrehte Elfenbeinsäulen waren da in allen Sälen. Alles war herrlich in dem stillen Schloß, nur die Einsamkeit und Leere war nicht angenehm. Und als ich auf die Elfenbeinaltane am Saal hinaustrat, war mir der elfenbeinerne stillstehende Garten unheimlich, in dem sich die Perlmutterblumen, die rosigen und himmelblauen, nicht bewegten und nicht dufteten und kein Geräusch der Blätter und Stengel gaben. Zuletzt tat mir doch die feierliche, vornehme Götterruhe des vornehmen geschnitzten Gartens wohl nach dem Elend, das ich in der grauen Hütte erlebt hatte. Und ich streckte mich auf das große Elfenbeinbett, das, bedeckt mit weißer und teerosenfarbiger Seide, in der Mitte des großen Kuppelsaales stand.

Als ich aber da lag und zur hohen Kuppel sah, wo das perlmutterne Laub des Gartens durch die Rundbogen des Säulenrundganges in der Kuppel sanft farbig hereinsah, da war keine Ruhe in mir trotz der Ruhe des Schlosses und des ruhigen Gartens. Ich sehnte mich nach meiner Göttin. Ohne sie war all der Glanz leer und langweilig. Ohne sie war ich mir selbst leer und langweilig. Und ich sehnte mich ins Elend der Hütte, in den Staub des Landes, nach den Prügeln der Ziegenhirtenfrau, – nur um dort an der Küste sein zu dürfen, wo ich wußte, daß dort meine Göttin als sechzehnjähriges Mädchen schlief oder wachte und in einer elenden Hütte an mich dachte.

Und der leere, tote Palast auf dem Rücken der Schildkröte war mir bald mehr zuwider als alles, was ich vorher erlebt hatte.

Ich lag eine Weile, denn der Himmel stand schwarz über dem Perlmuttergarten, der aus sich selbst leuchtete; und ich wartete, daß es Morgen werden sollte.

Dann stand ich auf. Als ich zum Ufer an die Freitreppe kam, war mein Kahn verschwunden.

Da durchfuhr mich der Schrecken, daß ich vielleicht ewig in dieser Einsamkeit des Perlmuttergartens und des Elfenbeinschlosses bleiben müßte.

Ich konnte aber nicht fragen, da mir die Stimme fehlte. Da hob sich der Kopf der Schildkröte am Ende des Gartens aus dem Meer und sagte: »Was stehst du da und legst dich nicht zur Ruhe? Es ist Schlafenszeit; es ist noch lange kein Morgen. Du bist erst vor drei Minuten hier angekommen.« –Mir schienen es aber mehr als drei Stunden, daß ich in der toten Pracht weilte. Ich ging und legte mich wieder in den Saal auf das Bett. Elfmal stand ich danach noch auf, – immer war nur wenig Zeit vergangen, immer schickte mich die Stimme der Schildkröte auf das große, leere, einsame Seidenbett zurück, auf dem ich mir so überflüssig vorkam, und das mit seiner leeren Ruhe nur meine Unruhe steigerte.

Endlich rief mich die Stimme der Schildkröte und sagte: »Es ist Morgen. Dein Kahn ist gekommen, er liegt an der Ufertreppe; stehe auf! Ich muß jetzt untertauchen auf den Meeresgrund, in mein Reich.«

Da stand ich auf. Als ich durch den Garten ging und am goldenen Teichspiegel vorbeikam, merkte ich, daß ich wieder die Gestalt des Ziegenhirten hatte. Und ich fühlte mich auch so mutlos wie dieser und war nicht mehr so glücklich, als ich es gewesen, da ich bei der Schildkröte gelandet war. – Ehe ich ins Boot stieg, dachte ich stumm: ›Sei bedankt, edle Schildkröte, für die Gastfreundschaft, die du mir gewährt hast. Kannst du mich nicht wissen lassen, wie ich an die Küste zurückfinde, wo ich landen möchte?‹ –

Sie aber hörte meine Gedanken. »Dazu kann ichdir nicht helfen, mein guter Herr«, sagte der Kopf der Schildkröte, »deinen Weg mußt du von selbst finden. Aber eins kann ich dir verraten: wenn du die Spitze eines Nagels im Kreise rund um dich führst, dann wird die Nagelspitze dich dorthin ziehen, wohin du dich wünschest. Denn die Südküste hat Magneteisenkohle als Sand am Strande liegen, und diese Kohle des Magneteisens zieht jeden Nagel an.«

Ich dankte der Schildkröte und tat, wie sie mir geraten. In meinem Boot riß ich einen Nagel aus einer Planke und hielt ihn im Kreise rund um mich. Da fühlte ich, wie mein Kahn fortgezogen wurde von der Magnetenströmung, gleich wie von einer Meeresströmung. Auch hatte die Schildkröte noch gesagt: »Es lebt eine Verwandte von mir, eine alte weiße Schildkrötendame, am Magneteisenstrand der Südküste. Siehst du sie, so sage nur: ›Halleluja!‹, und sie wird wissen, daß du von mir kommst. Und sie wird dich aufnehmen und dir helfen, wenn du es nötig hast.« Ich dankte, und wir schieden voneinander. Ich sah die weiße Schildkröte dann hinter mir samt dem todesstillen Elfenbeinschloß und dem atemlosen Perlmuttergarten in die Tiefe versinken, und dann wurde es dämmernder Tag, und allmählich sah ich schon in der Ferne die Küste als grauen Streifen auftauchen und sah auch die hohe Brandung. Da erkannte ich aber, daß ich in dem kleinen Kahn nicht bei so hochstehender Brandung landen konnte. Ich blieb also den ganzen Tag mit meinem Kahn im Meer liegen und wartete, daß es ruhigerer Wind und flacheres Wasser werden sollte, so wie es bei meiner Abfahrt gewesen war. Aber die Brandung stieg am Abend höher als am Morgen, und ein furchtbarer Sturm setzte um die Sonnenuntergangsstunde ein. Meine Fische waren mir in der Sonnenhitze des Tages im offenen Boot verdorben, und ich mußte sie alle über Bord werfen, als es Abend wurde. Und da ein großer Sturm war, konnte ich keinen neuen Fischzug tun. Ich konnte nicht einmal einen einzigen Fisch für mich behalten, um meinen großen Hunger zu stillen. Wasser, süßes Trinkwasser, hatte ich auch keines. Und wieder litt ich Durst und Hunger, wie am Abend vorher. Während der ganzen finstern und sturmbrausenden Nacht trieb ich so im Meer umher. Und ebenso ging es mir am zweiten Tag und in der zweiten Nacht; und in der dritten Nacht stieg der Sturm so hoch, daß er mir am vierten Morgen den Kahn voll Wasser schlug und ich das Boot unter mir, wassergefüllt, verschwinden sah. Ich wäre nun ganz gern gestorben. Aber der Körper des Ziegenhirten wehrte sich gegen den Tod. Er wollte noch nicht sterben. Er war ja erst neunzehn Jahre alt. Der junge Körper schwamm wie ein Fisch viele Stunden im Meer umher, bis er eine Stange fand, an der er sich festklammern konnte. Die Stange aber war von dem dicken Stock der Frau des Ziegenhirten Amat der Teil, der ins Meer geflogen war, in der Nacht, da sie mich geprügelt hatte. Ich setzte mich reitend auf die Stange, und die trug mich auch fort. Und wieder trieb ich so drei Tage und drei Nächte im Meer, ohne an das Land gelangen zu können.

Ich nährte mich von kleinen Seekrabben, die sich an meine nackten Waden festzwickten, und die ich mir vom Fleisch der Beine abriß, um mit ihnen meinen Heißhunger zu stillen. Es regnete auch in Strömen, so daß ich mir die hohle Hand von Regenwasser voll laufen lassen konnte, und so konnte ich am Regenwasser meinen Durst löschen. Dabei sah ich alle Tage in meiner Qual die Küste ganz nah hinter den weißen Brandungswellen emporsteigen. Und des Abends sah ich sogar das Licht in der Hütte auf dem Hügel, wo mein Gastfreund und der Herr Kummer wohnten, und wo ich die Ziegen im Stall untergestellt hatte.

Ich war auch sicher, daß des Ziegenhirten Frau mich, ihren Amat, auch da draußen herumtreiben sah im Meer, aber sie war ein böses Weib, und sie würde sicher sagen: ›Laßt ihn nur im Wasser reiten! Wenn ihn der Tod nicht will, kommt er lebend zurück, auch ohne daß wir ihm helfen.‹ Und da sie stark und böse war, wagte ihr keiner zu widersprechen, denn gegen ein böses Weib gibt es wenige Mutige zu finden. Dieses dachte ich mir nach allem, was ich vorher mit ihr erlebt hatte.

Endlich erwachte ich eines Tages, nachdem ich schon ganz schwach geworden war, auf meiner Stange und dachte: ›Oh, wenn nur wenigstens die Verwandte der großen Schildkröte in der Nähe wäre!‹ Und so laut ich konnte, schrie ich mitten in meiner Verzweiflung: »Halleluj a, Halleluja!« Und ich rief es todunglücklich, aber es klang, als wäre ich voll Glück und Jubel. Denn das Wort ›Halleluja‹ kann nur jubelnd klingen, da es vom Himmel kommt. Und sieh, beim dritten Ruf tauchte das Köpfchen einer liebenswürdigen weißen Schildkröte auf. Sie blinzelte mir zu, als wollte sie mir Mut machen, dann nahm sie meinen Stock, auf dem ich saß, ins Maul, und sausend – wie ein Pfeil, vom Bogen abgeschossen – flog sie mit mir, hui, hui, durch die tobende Brandung. Sie schwamm aber durch die Höhlungen der hochgerundeten Wellen wie durch unterirdische Gänge geschickt mit meinem Stock und mir hindurch. Ich hielt mich krampfhaft fest. Und kurz darauf waren wir auf den dunkeln Magneteisenkohlenstrand aufgefahren, und ich flog, vom Anprall noch ein Ende geschleudert, über die gute Schildkröte weit in den Sand hinein und schlug dazu noch trotz der Müdigkeit einige Purzelbäume, aus reinem Vergnügen, Land unter den Beinen zu haben.

Wieviel Tage ich im Meer herumgetrieben bin, weiß ich nicht genau. Jedenfalls war mein Haar ganz grau vom Meersalz. Das sah ich in einer Wasserpfütze, über die ich mich bog, um zu trinken. Ich wollte dann der Schildkröte Dank sagen; sie war aber schon gegangen, und ich fand sie nicht mehr, als ich mich aufgerichtet hatte. Aber im schwarzen Sande des Strandes sah ich die Spur der Schildkröte, die lief am Wasser entlang; und ich weiß nicht, weshalb ich der Spur folgen mußte. Ich hatte, als ich im Meer viele Tage und Nächte auf dem Stock ritt und nur von den kleinen Seetieren lebte, die sich an meine Beine anbissen, viel Zeit gehabt, die Küste und den Himmel zu betrachten. Und es war mir aufgefallen, daß es an der Küste zwischen den Bergen zwei Hügel gab, die waren sich ähnlich, wie ein Ei dem andern. Auf jedem Hügel aber erschien des Abends ein Licht, und beide Lichter hatten mich nächtelang betrachtet. Ich wußte aber, auf dem einen Hügel stand das Haus, wo ich die Ziegen im Stall gelassen und wo ich Prügel empfangen hatte von der Frau des Ziegenhirten Amat. Vom andern Häusdien aber auf dem Nachbarhügel wußte ich nichts, und nun wollte ich vorsichtshalber die

Schildkröte oder irgend jemand am Strand befragen, ob ich dort ein Unterkommen finden könnte. Denn ich war noch schwach und wollte aus Angst vor der Ziegenhirtenfrau nicht in die mir bekannte Hütte gehen. Es waren aber weit und breit keine anderen Hütten zu sehen als nur die beiden, jede auf einem grünen Hügel hinter dem schwarzen Sandstrande.

Den ganzen Strand ging ich entlang und fand endlich, daß die Spur im Sand in eine Höhle eines senkrechten Felsens mündete, der hart am Meere stand. Ich bückte mich und trat in die Höhle, in der es schön kühl war; denn die Sonne brannte heiß am schwarzen Strande, und die Luft am Meer entlang wogte von Glut.

Also legte ich mich ziemlich erschöpft auf einen erhöhten Stein im Hintergrund der Höhle. Als ich mich an die Dämmerung drinnen gewöhnt hatte, sah ich, daß die Höhle aus blutroten Korallensteinen war, und auch das Wasser der Höhle war in der Widerspiegelung des roten Gesteins so rot wie lebendes Blut. Es war schön, aber auch unheimlich, und ich war zu müde, um viel nachzudenken, und schlief vor Erschöpfung fest ein.

Ich erwachte, von einer kühlen Hand geweckt, die mir über die Wangen fuhr. Ich flog auf. Aber es war niemand um mich. Doch merkte ich, daß das Wasser gestiegen war, denn die Flutzeit war gekommen, und das steigende Wasser war es gewesen, das mir mit leichter Welle über die Wange gefahren war.

Ich konnte nicht mehr aus dem Höhleneingang hinaus, da das Wasser die Höhle schon geschlossen hatte. Aber ich sah, daß ich mich nicht zu fürchten brauchte; das Wasser stieg nicht viel höher, als ich lag, und einige Steinplatten höher war das Gestein trocken.

Da, wie ich noch überlegte, erschien die Schildkröte. Sie tauchte auf, betrachtete mich gar sonderbar mit einem Auge, dann schwamm sie heran und legte einige Betelnüsse und Siriblätter, die sie im Maule trug, nicht weit von mir auf einen Stein. Ich fühlte, daß sie mir helfen wollte. Sie wartete, bis ich zugriff, dann tauchte sie wieder unter und verschwand.

Ich kaute Betelnuß und Siri und stärkte mich dadurch ein wenig.

Siehe, wie ich dann träumend in das blutrote Wasser starrte, wurde es in der Tiefe hell, und ein weiblicher Oberkörper tauchte auf.

Es war aber ein ganz junges Geschöpf und mochte kaum sechzehn Jahre zählen.

Sie blieb bis zu den Hüften im dunkelroten Wasser stehen und strich sich schönes, langes, schwarzes Haar aus der Stirn und rief: »Uff, uff, wie schwül ist es hier. Es riecht nach warmem Menschenblut hier!«

Ich wagte mich nicht zu rühren; ich verstand sehr gut, daß das Mädchen sich noch nicht an die Dunkelheit gewöhnt hatte, und daß es mich deshalb noch nicht sehen konnte. Ich glaubte, es sei ein Mädchen, das am Strand gebadet habe und von einer Strandwelle in die Grotte hereingetrieben wäre. Sie war schmal und zierlich; in der Hand hielt sie einige rote Korallenzweiglein, die sie sich, im Wasser stehend, ins Haar flocht. Das kleidete sie gut.

Dann aber nach einer Weile erkannte sie mich. Sie lächelte, wie eine, die dem Mann gefallen will, der sie betrachtet, und sie tat nicht im mindesten erschrocken. Ich aber war ganz verwirrt vom roten Dämmerlicht und von dem jungen Ding und hatte die Frage auf den Lippen›Kennst du mich?‹ Ich sah sie an, war aber unentschlossen, doch mein Herz klopfte nach einer Weile nicht schneller als vorher. Da schlug das Mädchen mit der Hand ins Wasser und warf mir eine Spritzwelle aus blutroten Tropfen ins Gesicht. Ich lächelte ein wenig und schwieg.

Da warf sie dieLippen geärgert auf und sagte: »Mensch, kannst du nicht zu mir reden, wie es sich gehört, wenn sich ein Mann und eine Frau begegnen?« Ich aber fühlte gar keine Lust, zu ihr zu sprechen, und ich schwieg beharrlich. Da lachte sie überlaut in vollstem Zorn und schoß in die Tiefe, und ich sah dabei, daß ihr Unterleib ein langer Schlangenleib war.

Diese Frau wollte mich versuchen und wollte, daß ich ihr den Vers sagen solle, den ich nur meiner Göttin sagen durfte: ›Es ist die Liebe, die uns trägt; es ist die Liebe, die uns alle bewegt!‹ Der Leib des Weibes schlug runde Wirbel im Wasser, und dann war es still um mich, und sie blieb verschwunden.

»Gottlob, daß du geschwiegen hast«, sagte eine Stimme neben mir. Ich konnte aber niemand sehen. Doch mußte es die Schildkröte gewesen sein, die sprach, denn sie kam auf mich zugeschwommen, stieg auf die Felsenplatte und blieb als meine Gesellschaft neben mir liegen, bis das Flutwasser wieder sank und der Ausgang der Höhle frei wurde. Dann schwamm sie voraus und zeigte mir den Weg hinaus auf den Strand.

»Wer wohnt in dem Hause«, fragte ich, »das dort am zweiten Hügel steht, Schildkröte, liebe?«

Sie schüttelte den Kopf, als ob sie mich nicht verstünde, und lief ins Wasser und schwamm fort.

Ich weiß nicht, warum mich dieses Haus da drüben so sehr zu sich hinrief. Ich dachte ein paarmal: ›Vielleicht ist meine Göttin dort zu Hause.‹ Aber ich dachte auch wieder: ›Ich will mir vorstellen, daß meine Göttin dort wohnt, und ich will wieder auf den Hügel gehen zu dem Haus, wo meine Ziegen standen, und dort will ich wohnen und das Haus drüben auf dem Nachbarhügel im Auge behalten, und ich will so lange wünschen, bis meine Göttin meinen Wunsch fühlt und dort ins Haus zieht und ich sie besuchen und endlich wiederfinden kann.‹

Also tat ich. Ich kehrte in das erste Haus auf dem Hügel zurück, wo ich zuerst eingekehrt war mit meinen Ziegen.

Das Haus aber stand ganz leer. Und als ich einen Kuli am Wege fragte, sagte der: »Der Mann hat sein Haus aufgegeben, und man sagt, er ist mit der Frau des Ziegenhirten Amat fortgegangen, alter Vater.«

Ich sah an mir hinunter. Er sagte ›alter Vater‹ zu mir, weil mein Haar vom Meersalz und vom Meerschrecken grau war, mein Leib von Entbehrung abgemagert und runzelig, und weil mein ganzer Körper vor Sehnsucht und Kummer dem eines hundertjährigen Greises glich. Das sah ich, als ich mich betrachtete.

Ich ließ den Mann bei dem Glauben, daß ich ein alter Mann sei. Ich sagte ihm, was ich vorhatte. »Ich werde von dem Hause Besitz nehmen, und du kannst es jedermann sagen, daß ein armer alter Mann in das Haus am Hügel eingezogen ist«, sagte ich zu dem Kuli. »Und wer wohnt da drüben auf dem Nachbarhügel?« fragte ich ihn.

»Ach, eine ganz alte, weißhaarige Frau!« sagte der Kuli und deutete zugleich auf seine Stirn, als wollte er sagen: ›Die Alte dort ist nicht recht klug im Kopf.‹

Ich hörte es mit Staunen, daß eine alte Frau dort wohnen sollte, und ich konnte es nicht glauben, so fest bildete ich mir ein, meine Göttin müsse in jenes Haus eingezogen sein. ›Nun, ich werde sie herwünschen, dann kommt sie‹, dachte ich bei mir.

Dann wohnte ich in der Hütte am Hügel. Ich wußte, ich hatte auf dem nächsten Hügel eine alte Frau zur Nachbarin, die nicht ganz klug im Kopfe war.

Morgens lagen immer ein paar Früchte oder ein Fisch oder eine Staude Gemüse vor meiner Türschwelle. Und als ich eines Tages aufpaßte, sah ich die weiße Schildkröte, die mich vor Sonnenaufgang mit Nahrung versorgte und mit Früchten im Maul zu meiner Türschwelle kam, ehe es Tag wurde. Und meinen Tag brachte ich damit zu, die vielen schönen Lieder, die ich noch auswendig konnte, und die mir meine Göttin einst gegeben hatte in der Zeit der goldenen Rosen, als wir noch selig waren, mit meinem Blut auf lange Baststreifen zu schreiben. Ich schrieb viele Bastrollen mit Liedern voll, mit Liebesliedern des ewigen Glückes und der ewigen Sehnsucht, und viele Tränen mischten sich mit der roten Tinte meines Blutes, denn ich konnte es nicht hindern, daß mir oft vor Weh und Einsamkeit die Augen übergingen. Aber auch andere Leute hatten die weiße Schildkröte bemerkt, die mich jeden Tag mit Speisen versorgte, so daß es mir nie an Nahrung fehlte. Und ich kam allmählich in den Geruch eines heiligen Mannes. Frauen und Männer, kranke, kamen zu mir und standen vor der Türe. Und ich las laut manch eines jener Liebeslieder meiner glücklichen Gotteszeit, und, seltsam, da wurden die Kranken, ohne mein Zutun, nur vom Zuhören gesund und gingen fröhlich von dannen.

Nach vielen Jahren sah ich eines Tages, daß viele Menschen den Nachbarhügel zu der alten närrischen Frau hinaufzogen, die ich noch nie gesehen hatte. Und ich fragte einen von denen, die auch mich immer besuchten: »Was wollt ihr alle dort oben in jenem Hause?«

»Oh«, sagten sie, »das mußt du besser wissen als wir. Dort wohnte doch deine Herrin, die jetzt gestorben ist und in den Himmel fahren wird, heute um die Stunde des Mondaufganges.«

»Wie soll meine Herrin heißen, wen meint ihr?« fragte ich weiter.

»Wir meinen die Göttin des südlichen Ozeans, deren erster Priester du hier auf Erden sein wirst von heute ab bis zu deinem Tod.«

»Wer hat euch das gesagt?« fragte ich tief erschüttert.

»Die Göttin selbst hat es uns gesagt, als sie im Sterben lag. Da richtete sie sich auf, und sie, die uns vorher ewig nur mit weißem Haar bekannt war, – ihr Haupthaar färbte sich vor unser aller Augen. Sie wurde jung und wurde wie ein Mädchen von sechzehn Jahren.

Sie lauschte in die Luft und sagte: ›Ich höre einen, der schöne Lieder vor sich hin spricht. Diese Lieder sind meine Lieder. Ich, die Göttin der Südsee, sage euch, wenn ihr einen Mann findet, der das Lied beenden kann, das anfängt: Die Liebe ist es, die uns trägt, – dann ist dieser Mann sein Leben lang mein, Hoherpriester. Und im Tode wird er ein Gott werden, der mich liebt, wie ich die Göttin des südlichen Ozeans bin, die ihr liebt in Ewigkeit.‹ Dann fiel sie auf ihr Lager zurück, und seitdem will sie sich nicht mehr bewegen vor der Stunde des Mondaufganges, – da will sie zum Himmel steigen. Deshalb kommt alles Volk, um den Abend zu erwarten und die Göttin der Südsee zu sehen, wenn sie in der Mondaufgangstunde zum Himmel steigt. Erkläre uns nun: warum habt ihr euch nie besucht, wenn ihr göttlich seid und euch liebt? Oder bist du es nicht, der die schönen Lieder jener Göttin immer laut in dieser Hütte sagt? Sie hat in ihrer Sterbestunde hellgehört. Und weißt du das Ende des Liedes, das sie nannte?«

Ich sagte es ihnen, und sie erstaunten und waren über die Maßen verwundert, daß ich hier einsam für mich kaum einige hundert Schritt von meiner Göttin ein langes Menschenleben hindurch zugebracht hatte, ohne zu wissen, wie nah sie war, die ich suchte. Ich sagte: »Es ist dies meine Strafe, weil ich mich an der Liebe versündigt hatte; und dafür mußte ich ein ganzes Menschenleben lang büßen.«

Sie fragten mich: »Willst du nicht gehen und die Tote auf ihrem Bette sehen; es ist eine schöne Gestalt.«

»Nie kann sie so schön sein, wie ich sie als Göttin kenne. Und da ich lange auf dieses Menschenleben verzichtet habe, will ich meine Göttin nicht als Tote sehen; ich will sie aber heute abend am Himmel sehen.«

Und in der Abendstunde klopfte es an meine Tür. Ich aber saß im dunkeln Haus und wollte nicht eher als zum Mondaufgang vor meine Tür gehen; denn mein Herz schlug, und mir schwindelte. Als es nun klopfte, wollte ich keinen Besuch, und ich antwortete nicht auf das Klopfen. Da wurde die Tür geöffnet, und es kam der frühere Besitzer des Hauses herein, und bei ihm war das Weib des Ziegenhirten Amat.

Sie hatten gehört, daß ich, der ernannte Priester der Göttin der Südsee, hier in ihrem alten Hause wohnte. Sie erkannten nicht die Gestalt des Ziegenhirten in mir und hielten mich für einen Fremden. Denn ich trug einen langen weißen Bart, der reichte mir bis an den Gürtel.
Sie sprachen aber, und während sie zu mir sprachen, konnte ich nicht aufbrechen, denn sie hatten sich niedergesetzt, und der Vollmond stieg und schien mir ins Gesicht.

Doch ehe ich es hindern konnte, hob plötzlich die Frau die Laterne vom Boden, leuchtete mir ins Gesicht und sagte: »Siehe da, wie sich der Mensch hier vor unsern Augen verändert hat. War er nicht weiß, als wir kamen? Nun ist er schwarz am Kopf, und sein weißer Bart fiel ab und fiel ihm in den Schoß; oh, das ist ein Betrüger. Ei sieh doch, was sage ich? Es ist ja mein Mann, der Ziegenhirte Amat, der ertrunken war. Oh, dieser Lump und Nichtstuer! Da sitzt er nun seit Jahren und läßt sich vom dummen Volk als ein heiliger Mann verehren. Er hat sich eine Schildkröte abgerichtet, die hat ihm Essen gebracht, sagen sie. Aber das ist alles Schwindel. Es ist ein ganzer Lump, der da sitzt, der sich ertrunken stellte, sich sein Haar weiß färbte, und das alles nur, um nicht arbeiten zu müssen und um mich, sein Weib, nicht ernähren zu müssen. Aber jetzt gib sie nur heraus, deine gesammelten Reichtümer! Denn du hast ja auch gequacksalbert und hast Kranke geheilt, behaupten die Dummen, die nie alle werden. Und die Dummen müssen ihre Dummheit gewöhnlich auch noch teuer bezahlen. – Was sagst du, du hast keine Schätze? Nun, was sind denn das für Rollen? Das sind doch sicher Geldrollen, die du da aufgestapelt hast. Zeig her! – Was? Ich will doch sehen, wer Herr dieses Hauses ist, wir oder du!«

Das böse Weib riß meine Gedichtrollen von den Holzgestellen an den Wänden, wo ich sie, gut in Bast eingewickelt, aufgereiht hatte. Und gierig riß sie Rolle um Rolle aus einander, und jede Rolle, die nur Gedichte enthielt, warf sie verächtlich ins Herdfeuer. Ich rührte keine Hand und saß still. Als aber die letzte Rolle verbrannte, riß sie die Laterne hoch und schlug mir den schmiedeeisernen Kasten der Laterne so unglücklich an die Stirn, daß ich meine Sinne schwinden fühlte.

Sie aber verließ mit einem Fluch das Haus. Ich sah noch, wie das Feuer vom Herd hochschlug und das Dach, das strohgedeckte, Feuer fing. Ich rührte keine Hand und fühlte mit Genugtuung und Zufriedenheit, daß mein Herz langsamer schlug und endlich stillstand.

Da stand ich plötzlich hoch im Rauch über dem Dach des brennenden Hauses in der Luft, und zu mir trat eine andere Lufterscheinung, – meine Göttin.

Wir umarmten uns glückselig, als wären wir nie getrennt gewesen; ich hatte keine Erinnerung an meine Menschenleiden mehr, und Seligkeit und Zufriedenheit waren das einzige Gefühl, in dem wir beide uns wiederfanden. Wir traten dann vereint in das herrliche Elfenbeinschloß auf dem Rücken der großen weißen Schildkröte, die in Vollmondgestalt auf dem Meerrande lag.

Für einen Augenblick, ehe der Mond den Meeresrand losließ, konnten alle Leute an der Küste das Elfenbeinschloß und den Perlmuttergarten sehen, in dem wir an den goldenen Teich traten. Und als wir eine Weile am goldenen Teich stehen blieben und unsere Göttergestalten im Gold spiegelten, da hörten wir die Hunderte von Menschen am Land hinter der Brandung, deren Schaum sanft wie zahme Schäfchen geworden war, – da hörten wir, wie sie riefen und in die Hände klatschten vor Freude, daß sie einmal zwei wirkliche Götter und ein wirkliches Götterschloß für einige Augenblicke sehen und bewundern durften.

An das böse Weib aber dachte ich nicht mehr. Ich glaube, sie ist vor Schrecken gut geworden. Denn die Schildkröte erzählte mir, daß das kleine Haus auf dem Hügel, wo die Göttin gewohnt, zum Göttertempel der Göttin der Südsee eingerichtet werden sollte. Und das andere Haus, wo ich verbrannt war, würde >das Grab eines rechtschaffenen Mannes< genannt werden, denn jene gutgewordene Frau lasse das Häuschen neu aufrichten, und in die Mitte des Vorraums, wo sie mich mit der Laterne erschlagen hätte, ließe sie einen Grabstein legen, und an diesem Grabe wolle sie bis zu ihrem Tode beten.

Als ich aber heute morgen aufwachte und sah, daß ich in der zweiten heiligen Nacht ein zweites Märchen für Dich, liebe Lore, erlebt hatte, da erinnerte ich mich, daß ich neulich an der Südküste des südlichen Ozeans beide Hügel besucht habe, –und auf den Hügel zum >Grab des rechtschaffenen Mannes< bin ich gestiegen, aber ich wollte eigentlich den Tempel der Göttin der Südsee sehen. Doch es ging mir wie im Traum: ich kam gar nicht hin, ich sah nur von einem Hügel zum anderen und gelangte nicht dazu, das Haus der Göttin zu besuchen.

Nun bin ich wieder im Gasthof und verwundere mich, wie viel Glück und wie viel Unglück man doch in einer Nacht erleben kann, wenn es eine der heiligen zwölf Nächte ist.

Bis zur dritten Nacht lebe wohl, liebe Lore!

Dein Märchenonkel

Geschichte des Wasserbüffels

Liebe Lore, heute nacht war ich ein Blinder und ritt auf einem Wasserbüffel durchs Javanerland. Da kann man viel erleben. Und ich habe auch eine ganze Menge gesehen, denn der Büffel sah für mich und erzählte mir, was wir sahen.

Es war aber so angegangen: Ich, gewitzigt durch die zwei vorhergehenden Abende, machte mich ganz früh morgens auf den Weg, fort vom Gasthof Papandajan, und dachte bei mir: ›Ich will von der Veranda, wo mein Beokäfig steht, und von Herrn Dauer, der auf der gleichen Galerie wie ich im ersten Stockwerk des Gasthofes wohnt, heute beizeiten fortziehen, damit mich weder Beovögel noch Schildkröten zu sehen bekommen. Ich will heute gar nichts sehen.‹ Ich war noch ganz geblendet von meinem gestrigen Götterdasein, davon ich mich zerschlagen und berauscht zu gleicher Zeit fühlte.

Also ging ich gleich nach dem Frühstück auf meinen zwei Beinen aus Garoet hinaus.

Ich ging aber über die Schluchtbrücke, unter der der Fluß Tjimai, tief eingegraben, dahinfließt, jetzt zur Zeit, wo es nachmittags oft regnet, zu einer lehmig gelben Brühe aufgewühlt.

Es war aber ein lustiger Morgen. Es war eine so fröhliche Sonne am Himmel, daß es aussah, als würde sie gern Spaß und Witze machen und tanzen, wenn man ihr nur mit Musik aufspielen wollte.

Und ich freute mich an allen, denen ich begegnete. Jenseits des Flusses stieg in der immergrünen Landschaft die Straße sanft ein wenig an, und in den offenen Hütten und auf den einfachen Veranden zu beiden Seiten der Straße war reges Leben. Die meisten Hütten haben hier am Ausgang von Garoet nebenbei kleine Verkaufsstände. Die Leute schieben einfach morgens eine Strohwand zur Seite, und dort breitet der Hüttenbesitzer, meist aber seine Frau, allerlei Kleinkram aus: Eßwaren oder Drogen, oder Früchte und Getränke, Limonaden und Zuckerwasser. Und da sitzen denn bei den Buden die Lastträger, die Wanderer und die Feldarbeiter und stärken sich aus kleinen Tassen voll Speisen und Getränken. Oder sie sitzen nur dort, um eine Zigarette zu rauchen und ein wenig zu plaudern. Ich sah an dem Morgen Reihen von Dachziegelträgern. Sie hatten ihre Körbe mit Dachziegeln oder gebrannten Tonvasen der Straßenrinne entlang stehen, indessen sie am Boden vor den Verkaufsständen kauerten, schwatzten und einen kleinen Morgenimbiß verzehrten.

Es brodelte und brotzelte von heißem Fett in den Pfannen dieser öffentlichen Garküchen am Wege, und das Kokosöl, das zum Braten von Bananen und verschiedenen kleinen Pastetchen verwendet wird, roch fettig weithin.

Bei einem Verkaufsstand, wo frische Ananasfrüchte, rote Pfefferschoten, Haufen Tee und reife gelbe Maiskolben in Bündeln ausgelegt waren, blieb ich stehen, aber nicht um die Früchte zu betrachten; sondern einige gemalte Bildchen an den Wänden zogen mich an. Ein junger Javane, der Verkäufer, hatte sich mit Wasserfarben einige Bilder auf Bogen weißen Papiers gemalt und sie an seine Strohwände genagelt. Eines stellte einen Wasserbüffel vor, auf dem ein blinder Mann durch eine blühende javanische Landschaft ritt. Ein anderes Bild stellte ein feuerrotes Automobil vor, das eine Landstraße entlang fuhr. Der Lenker war ein Europäer und trug Automobilbrille und Tropenhut, so wie der Maler hier an seiner Bude jeden Tag die europäischen Pflanzer nachmittags nach Garoet vorüberfahren sah. Ich nickte dem Verkäufer zu und ging weiter und dachte einen Augenblick, wie viel hübscher es der Blinde auf dem Stier in der blühenden Landschaft hätte als der Automobilfahrer im rasselnden Eisenblechkasten auf der faden Landstraße.

Dann vergaß ich über anderen Leuten die beiden Bilder, und bei der Straßenkreuzung bog ich in einen Feldweg ab, der zwischen Reisfeldern zu einem Dörfchen führte, das ich schon kannte.

Nun hatte ich die lebhafte Hüttenstraße, wo Tauben gurrten und Menschen schwatzten und Kinder lachten und Katzen sich sonnten und Hühner gackerten, hinter mir gelassen, und nun sollte man meinen, es würde totenstill im Felde sein, durch das ich wanderte. Aber nein, so eine javanische Feldstraße morgens ist die reine Wettrennbahn. Was einem da alles entgegengelaufen, geflogen, gemeckert und geflötet kommt, das ist ganz wunderlich, Da kamen Leute, die mit Gemüsebündeln und Strohkörben in die Stadt zogen, Reihen von Frauen und Männern. In den Wasserfeldern standen Hunderte von kleinen Javanen in Gruppen und setzten die Reispflänzchen aus. Das ist eine schmutzige, aber sehr notwendige Arbeit. Die Arbeiter standen bis zu den Knieen im schwarzen Erdschlamm. Viele von ihnen hielten Frühstückszeit am Wegrand bei einem Teekocher. Der lief mit einer großen Teekanne herum und schenkte seinen Tee in Reihen von Tassen, die am Erdboden standen. Und an der Erde sitzend, schlürften die Leute und rauchten ein ›Strohchen‹ dazu, wie sie die ganz dünnen, strohhalmähnlichen Landzigaretten nennen.

Und weiter meckerten Ziegen im Feld. Und Schafe grasten, und auf einer nassen, abgefressenen Wiese standen Familien von Wasserbüffeln. Die Wasserbüffel sind erdgraue, glatthaarige Büffel, die gern im Wasser liegen. Sie stellen das wertvollste Eigentum des javanischen Bauern dar. ›Er pflegt seinen Wasserbüffel besser als seine Frau‹, sagt man vom javanischen Landmann. Er führt ihn auch oft an den Bach und wäscht ihn täglich, so wie der Chinese es mit seinen Hausschweinen macht, die er auch immer gut säubert und badet und bürstet, so daß auf das chinesische Schwein der Name Schwein gar nicht mehr zu passen scheint, wenn es so sauber mit geputzten Nägeln und einem Poposcheitel fein gestriegelt herumläuft, das Schwein.

Also, ich sah Wasserbüffel, die dampften in der Frühsonne, und in der Ferne standen Gruppen von riesigen schirmartigen Laubbäumen, und die dampften auch vom Tau, und ganz weit dahinter waren silberblaue Bergzüge, und die dampften, mit weißen Wattewolken behangen. Alles war voll Sonne, voll Morgendampf, voll Grün und voll Bläue auf Erden und am Himmel rundumher in der weiten, weiten Landschaft. Da begegnete mir ein Zug javanischer Dorfmusikanten, und einer spielte schon in aller Frühe eine Flöte. Die andern aber trugen ihre Instrumente aus Bambusrohr, Anklongs und Trommeln, große und kleine, an Bänder gebunden auf dem Rücken. ›Die sollte ich eigentlich rufen, damit sie der Sonne aufspielten‹, dachte ich. Aber sie zogen gen Garoet; vielleicht waren sie zum Aufspielen bei einem Beschneidungsfest oder zum Musizieren bei einer Hochzeit geladen.

Ich ging noch weiter, und da begegnete mir mein Freund, ein ganz alter Javane. Der ist wenigstens dreihundert Jahre alt. Er ist blind und spielt sehr schön auf einer Brettzither, fromme, liebe, alte javanische Psalmen. Oft hat er mir, vor meiner Veranda am Boden hockend, für zehn holländische Cents auf seiner Brettzither vorgespielt; und dazu singt er flüsternd Lieder, die sind vielleicht dreitausend Jahre alt. Diesem alten heiligen Musikanten begegnete ich auch da im Morgensonnenschein auf dem baumlosen Feldweg, und er nickte mir sofort freundlich zu. Denn trotzdem er dreihundert Jahre alt ist, stellt er sich nur blind, um mehr Eindruck zu machen. Denn er hat triefende, winzige, blasse Äuglein, die sehen wie blind aus, sind es aber gar nicht. ›Was für ein drolliger Blinder!‹ dachte ich, ›der mich zuerst grüßt.‹ Aber es war die kindliche Freude am unverhofften Wiedersehen, die machte, daß er sich schneller verriet als sonst. Wenn ich ihm aber Geldstücke, kleine Zehncentstückchen zu Hause von meiner Veranda zuwerfe, findet er sie besser im Sande als ich mit meinen gesunden Augen. Das macht aber alles nichts, – seine Musik, die wunderschön zirpt wie seine Stimme, seine kleine, unscheinbare, entschuldigt ihn bei mir für seine vorgetäuschte Blindheit ganz und gar.

Heute hatte er aber seine Zither gar nicht dabei. Es sah aus, als ginge er, um sich im schönen Morgen einmal zur Abwechslung ohne Zither Musik zu machen. Oder vielleicht wollte er heute Freiherr sein und Musik hören, weil er nicht weit hinter den sieben Musikanten dahinzog.

Ich wanderte weiter und wunderte mich über die unzähligen Menschen, die da im Schlamm der vielen Reisfelder Pflanzen einsetzten. Es mußte die ganze Bevölkerung draußen sein und im Felde arbeiten, – so regsam sah es aus. Und dann kam ich ins Dorf. Das ist aber eigentlich kein Dorf. Einen Weiler würde man es bei uns nennen. Nur einige Häuser standen am Wege entlang unter hohen Bambussträuchen und in Bananenhainen. Vor einem Hause lagerte neugierig die ganze Kinderschar des Ortes, nackt und halbnackt.

In der offenen Hütte war ein Phonograph aufgestellt, und der spielte ein Theaterstück, von javanischen Schauspielerstimmen gesprochen. Heftige Reden, leidenschaftliche, wurden vom Phonographen ausgehustet, und die Kinder horchten begierig und ganz fortgerückt, dicht gedrängt an den Stufen der Hüttentüre. Auch einige Erwachsene hockten am blanken Boden unter den Bäumen und rauchten und horchten zu. Ich ging den bambusüberschatteten Weg weiter, wo alles einförmig grün leuchtete, nur manchmal wiegte sich ein goldgelbes langes Bananenblatt, ein welkes, in der Luft, gelb wie ein breites Band aus Goldseide. Gelbe Ringelblumen an Büschen und blaue Männertreublüten in Stauden säumten den schattigen Weg, hinter Hecken lagen blühende Maispflanzungen der Javanen und Tapiokapflanzungen und Fruchtbaumhaine, wo es allerhand Früchte gab: grüne Orangen, Mango, Kokosnüsse, Kaffee, Kakao und andere nützliche Arten.

Und wie ich noch so langsam gehe, höre ich hinter einer Hecke eine Holzglocke klappern, und es riecht stark nach Büffelschweiß. Ein mächtiger grauer Wasserbüffel steckte seinen breitgehörnten, eisengrauen Schädel durch die Büsche, brummte und fragte: »Wohin, mein Herr?«

Ich sagte ganz in Gedanken: »Dorthin, wo ichs Gras wachsen höre.«

»Dahin kann ich Sie tragen«, sagte der liebenswürdige, gut geartete Büffel. »Wünschen Sie sonst noch etwas?« fragte er weiter. » Ich stehe zu Ihrer Verfügung!«

So ein höflicher Büffel war mir noch nicht vorgekommen. Ich tat aber so, als ob ich von allen Büffeln die höchste Zuvorkommenheit erwartete; und da ich noch an den blinden alten Musikanten dachte, sagte ich: »Jawohl, Sie könnten mir sagen, wie man dreihundert Jahre alt werden kann, wie man blind und sehend zugleich sein kann; und wenn ich das geworden bin, dann tragen Sie mich dorthin, wo ich das Gras wachsen höre.«

»Nichts leichter als das, mein Herr. Ihr Wunsch ist mir Befehl, mein Herr«, beeilte sich der Büffel zu brüllen.

»Es sind aber mehrere Wünsche«, machte ich ihm klar.

»Alle Ihre Wünsche sind mir Befehl, mein Herr. Ich habe nämlich einen guten Freund in Neu-Guinea, einen gewissen Känguruh. Der hat mich heute antelephoniert, ich möchte mich für die dritte der heiligen Nächte am Wege aufstellen und Ihre Ankunft und Ihre Befehle erwarten. Sie sind mir als deutscher Dichteronkel signalisiert; und alles, was ich hörte, stimmt auf ihre Person.«

»Wie telephonieren Sie denn?« fragte ich neugierig.

»Ich kann an jedem Baum in die Ferne sprechen, während ich seine Blätter kaue«, versicherte der Wasserbüffel ernsthaft.

»Das habe ich noch nie versucht«, gestand ich. »Wissen Sie auch ganz genau, daß ich der bin, den Sie erwarten sollen, Herr Wasserbüffel?« wehrte ich ein wenig ab. ›Denn was könnte ich in Gesellschaft eines Büffels wohl erleben?‹ dachte ich geringschätzend.

»Ja, mein Herr, Sie und kein anderer sind der Wohltäter meines Freundes, des gewissen Känguruh, gewesen. Man sagte mir am Telephon, der Herr sei etwas dösig.«

Ich musterte ihn verblüfft. Da wackelte er drohend mit den Hörnern. »Stimmt«, sagte ich rasch. »Dichter träumen.«

»Er flunkert gern«, fuhr der Büffel fort.

»Stimmt«, sagte ich begeistert. »Alle Dichter flunkern. Das ist Berufssache.«

»Er ist märchenscheu.«

»Ja, in gewissem Sinn. Wenn man nämlich alle Märchen erst am eigenen Leib erleben soll, ehe man sie schreiben darf, wird man ein wenig märchenvorsichtig. Stimmt.«

»Nun, mein Herr, alles dieses roch ich an Ihnen, wie Sie mich rochen, ehe ich zur Ansprache kam«, schloß der Büffel seinen Bericht.

»Wunderbar! Daß Büffelnasen so tiefsinnend riechen, muß mich erstaunen. Aber gehen wir ans Werk! Sie kennen meine Wünsche, die Ihnen Befehl sind.«

Der Büffel brach durch den dünnen Bambuszaun des Feldes, in dem er gegrast hatte. Und ich erschrak gewaltig und kletterte vor Schreck an einem Bambusbaum empor.

»Herrgott, haben Sie mich erschreckt!« sagte ich, etwas höher kletternd.

»Verzeihen Sie, heftiges Auftreten ist Büffelart«, versicherte mir der fürchterliche Kerl.

»Den ganzen Zaun haben Sie eingerissen!« sagte ich sanft vorwurfsvoll, denn der Bambus begann sich zu biegen, und ich näherte mich langsam dem Untenstehenden.

» Sitzen Sie nur gleich auf, dann ist die Sache fertig«, befahl der Wasserochse.

Ich graute mich vor dem fürchterlichen Biest.

»Na, wird's bald?« kommandierte er.

Da fühlte ich voll Schrecken: meine Glieder waren ganz schwach und dünn und alt und verschrumpft geworden. Ich glitt willenlos vom Bambusrohr und saß wie ein Häufchen Unglück auf dem Büffelrücken.

»Dreihundert Jahre sind Sie jetzt alt, kein Jahr mehr oder weniger«, rief der Büffel.

»Na, ein angenehmer Zustand ist diese dreihundertjährige Schwäche nicht«, konnte ich ihm versichern.

»Ich hab ihn Ihnen ja auch nicht ausgesucht«, grinste das Biest.

Dann fuhr er rücksichtslos herrisch fort: »Nun wandern wir durch Garoet, und dann am andern Ende des Ortes in die weite Welt, bis dorthin, wo Sie das Gras wachsen hören.«

»So ein Blödsinn!« konnte ich mir nicht versagen, ihm zu versichern. Denn ich war als Dreihundertjähriger weise und verständig geworden und glaubte an keinen Unsinn und Übermut mehr. »Lassen Sie mich absteigen, mir ist schwindlig, ich sehe nur auf einem Auge, mir ist was ins andere Auge geflogen, Herr Büffel.«

»Nichts da. Ich habe Ihre Wünsche zu erfüllen«, knurrte der Gewaltige. »Das Alter ist in Ihr eines Auge geflogen. Seien Sie froh, daß Sie auf dem andern noch sehen können. Welches ist denn das blinde?«

»Das linke Auge!« klagte ich greisenhaft.

»So, dann werde ich für Sie immer nach links schauen, und Ihnen erzählen, was links zu sehen ist, indessen Sie sich nach der rechten Seite auf eigene Augenkosten ergötzen können. Jetzt geht's los. Marsch! Aufgepaßt, Gleichgewicht suchen! Ich setze mich in Bewegung.«

Bums, rollte ich vom Büffel; ich rollte aber nicht vom Büffel auf die Erde, sondern unter dem Büffelbauch rundherum, und kam auf der andern Seite wieder auf den Büffelrücken in die Höhe gerollt, und dort saß ich nun wie angegossen.

»Nun«, sagte der Büffel zufrieden, »das war nur ein Scherz von mir; von jetzt ab werden wir ernsthaft reiten.«

Und ich blieb, wo ich war, und mein Zustand war wunschlos.

So trollte nun der Büffel mit mir denselben Weg, den ich eben aus Garoet gekommen war, durch die Felder zurück.

Wir kamen im Dorfe am Phonographen vorbei, da schauten sich alle Kinder um, und mit einemmall riefen sie wie aus einem Munde: »Der blinde Matiuni, unser blinder Matiuni! Matiuni reitet! Wo reitet er hin? Matiuni will heute zum König ziehn!«

So lachten sie und sangen und liefen bis zum letzten Haus des Weilers hinterm Schweif meines Büffels her.

Und atemlos kam eine Frau nachgerannt, die rief: »Matiuni, du hast deine Zither vergessen.« Und sie reichte mir die alte Zither des Blinden, die ich schon kannte, auf meinen Sitz hinauf. Denn alle im kleinen Ort hielten mich für ihren dreihundertjährigen blinden Musikanten Matiuni.

»Nun wissen der Herr doch auch, wie Er heißt«, grinste mein Büffel vergnügt, als die Frau und die Kinder zurückgeblieben waren. Er trollte sich eilig mit mir weiter.

Wir begegneten manchem vom Markt von Garoet heimkehrenden Dorfbewohner auf dem Feldweg, und alle nickten vergnügt, und alle sangen: »Matiuni reitet! Wo will er hin? Matiuni will zum König ziehn!«

Und Frauen und Mädchen lachten und wünschten mir glückliche Reise.

»Ja, woher wollen denn alle Leute das wissen, daß ich zum König ziehn will?« fragte ich mein Reittier.

»Ach, das ist wieder so eine Dummheit von meiner Frau«, sagte der Büffel. »Frauen müssen alles weiterschwatzen. Ich habe meiner Frau heute früh auf der Weide erzählt, wen ich am Weg erwarten muß. Und sie fragte gleich: ›Wohin willst du denn mit dem Herrn ziehn, wenn er kommt?‹ – ›Na, wohin anders als zum König?‹ habe ich aus Scherz gesagt. Gleich lief sie brüllend fort, erzählte es unsern Hüterbuben auf der Weide, die sagten es den Kindern, und um Sonnenaufgang wußte es schon das Dorf, daß ich heute jemand zum König führen müßte. So schnell verbreitet sich barer Unsinn!« seufzte der Wasserbüffel. »Und nun ziehen wir gar nicht zum König, sondern zum Urwald, dorthin, wo man das Gras wachsen hört. Aber ich werde sie nicht weiter aufklären, die Leute.«

»Kann man denn beim König nicht auch ein wenig Gras wachsen hören?« fragte ich schüchtern; denn auf dem Büffel allein im Urwald zu reiten, wo ganze Tigerfamilien und Schlangengesellschaften spazieren gehen, das kam mir als dreihundertjährigem Greise doch etwas gewagt vor.

»Beim König wächst kein Gras«, sagte der Büffel barsch. Denn er vertrug nicht, daß man zu viel fragte, weil er zu plump war und hinter jeder Frage eine Falle vermutete.

»Was wächst denn beim König?« fragte ich weiter, möglichst einfältig, wie es einem dreihundertjährigen Greise geziemt.

»Beim König wächst nur Gold«, brummte der Wasserkopf gereizt.

»Kann man Gold auch wachsen hören?« fuhr ich fort, ermüdend zu fragen.

»Welch eine Frage! Gold klappert doch lauter beim Wachsen als Gras!«

»Höre, lieber, verehrtester Büffel, ich glaube doch, daß ich mit meinen dreihundert Jahren das Gras nicht mehr wachsen hören kann. Wäre es nicht einfacher, wir wählten das lautere Wachstum des Goldes beim König?«

»Gras wachsen hören ist eine Kunst, Gold wachsen hören ist keine!« behauptete mein gescheiter Büffel beharrlich.

»Ja aber, siehst du, Künste sind brotlos. Ich fürchte, beim Graswachsenhören werde ich nicht satt, Gold wachsen hören bringt mehr ein.«

»Willst du umsatteln?« forschte er. Er duzte mich geringschätzend.

»Nun, ich meine nur«, sagte ich kleinlaut, denn ich fürchtete mich ein wenig vor seiner wachsenden Grobheit.

Aber Büffel sind unberechenbar. »Gut, Matiuni; sage nur, was du wünschst, und ich führe es aus!« brummte er plötzlich freundlich, aber er fuhr fort, mich zu duzen.

›Vielleicht fürchtet er sich selbst, in den Urwald zu gehen, dachte ich, ›und bleibt lieber auf der bequemen Landstraße, wie ich. Deshalb ist er wieder so freundlich geworden.‹

Und wir verabredeten aufs freundlichste, er sollte mich zum König bringen, und ich sollte dort Gold wachsen hören. Denn als dreihundertjähriger Greis schätzte ich Gold höher als Gras; man weiß im Alter, daß die Welt am Golde hängt und nicht am Gras. Daß dieses aber eigentlich ein sündiges und böses Denken ist, das sollte ich erfahren.

Und ich verstehe es jetzt erst: der Büffel, der am Grase mehr hing als am Golde, gönnte mir den Weg zum König, damit ich zu seiner edleren Büffellebensauffassung bekehrt werden und meine goldgierige Auffassung fahren lassen sollte. Die sieben Musikanten, die ich gern zum König mitgenommen hätte, holten wir nicht mehr ein; aber an den fliegenden Garküchenständen bei den ersten Häusern vor der Schluchtbrücke, da sah ich alle sieben dem Hause gegenüber am Boden einer Bude sitzen, und sie schienen eben gegessen zu haben. Sie saßen gerade der Bude gegenüber, in der das Bild mit dem auf einem Büffel reitenden Blinden vorhin an der Wand gehangen hatte.

Als ich das Bild aber mit den Augen suchte, war es verschwunden. Auch der blinde Matiuni, der doch vorhin hinter den sieben Musikanten hergelaufen war, war verschwunden.

»Wie, lange soll ich mir hier noch meine Beine breit stehen?« brummte mein Wasserbüffel ungnädig, da ich ihm Halt geboten hatte.

»Ich möchte Musik haben, Musikanten, die mich zum König begleiten«, sagte ich schüchtern.

»Sehende oder blinde Musikanten?« fragte mein Ochse zurück.

»Natürlich sehende!« rief ich und boxte mein Reittier schalkhaft hinter die Hörner.

»Blinde spielen besser«, behauptete mein Rindvieh.

»Also, dann Blinde«, ließ ich mich überzeugen. »Aber woher blinde Musikanten nehmen?«

»Das haben wir gleich, alle Leute werden gleich blind, wenn man ihnen sagt, daß sie zum König kommen können und Gold wachsen hören dürfen. Frage sie nur, die sieben Esel von Musikanten«, belehrte mich der Büffel.

Und ich fragte laut. »Wo gibt es hier blinde Musikanten?«

Keine Antwort.

»So fragt man doch nicht, Mensch, dreihundertjähriger«, brüllte mein Büffel gereizt und rief selbst laut und deutlich:

»Wer blind ist, und Musikant ist, und Gold wachsen hören will, und zum König kommen will, der kann mir nachlaufen.« Damit begann er auch gleich zu laufen und winkte nur noch einmal mit dem Schwanze hinter sich.

Da hörte ich hinter mir wieder lachend alle sieben Musikanten singen: »Matiuni reitet! Wo will er hin? Matiuni will heute zum König ziehn!«

Und vierzehn Beine trabten hinter dem Büffel her und holten uns ein. Und die sieben Musikanten, als sie uns erreicht hatten, riefen: »Matiuni, nimm uns mit! Wir sind alle blind geworden. Jedenfalls so blind wie du, laß uns mit zum König ziehen und Gold wachsen hören!«

»Na siehste!« knurrte mein Wasserbüffel überlegen. Dann wendete er sich, rollte die Augen furchtbar und brüllte. »Ihr sieben blinden Mistgewächse, wie könnt ihr denn ohne Führung so schnell laufen? Haltet euch hintereinander. Der erste nimmt meinen Schwanzzipfel in die Klaue, die anderen legen die linke Hand auf die linke Schulter des Vordermanns. Anders ziehen sieben blinde Schufte, wie ihr seid, nicht beim König ein.«

»Hu, hu, hu«, lachten alle den Büffel aus, denn es waren sieben lustige Brüder, die sich nicht so leicht ins Büffelhorn jagen ließen.

Aber sie taten, wie ihnen von dem allgewaltigen Herrn Wasserbüffel befohlen worden war.

Und so bildeten wir bereits einen langen Blindenzug, als wir über die dröhnende Holzbrücke in Garoet einzogen.

Ganz Garoet kennt Matiuni, und auf dem Markt hatte sich schon die Kunde der Büffelreise Matiunis verbreitet. Wie aber die Leute so viele Blinde im langen Zug hintereinander ankommen sahen, da riefen sie mir zu, der ich vornedran hoch auf dem Ochsen thronte: »Hallo, Matiuni, der Blindenkönig! Matiuni, der König der Blinden, seht ihn! Matiuni, Matiuni, wo will er denn hin? Matiuni will heute zum König ziehn!« Und in der ganzen Stadt, wo Leute saßen oder standen oder gingen, in den Garoetbaumstraßen, in den fernen, schattigen, überall ertönte das Liedchen weiter von Mund zu Mund. Und meine sogenannten blinden Musikanten zogen Musik spendend lustig hinter dem Büffel her. Sie hielten aber jeder sein Musikinstrument in der rechten Hand, die linke ruhte auf der Schulter des Vordermannes, und der erste von ihnen hielt den Büffelschwanz, wie eine Art Leitfaden durchs Leben, fest in seiner Linken, wie es Blinde tun. Ich selbst, der niemals die feine Zither gespielt hatte, versuchte vorsichtig; und es ging, als ob ich mindestens zweihundertachtzig Jahre Musikant gewesen wäre.

So waren wir alle neun lustig und guter Dinge. Ich sage: neun; denn seine Gewaltheit der Herr Büffel war ebensogut ein lustiger Jemand, wie die sieben Musikanten und meine Hoheit, der König der Blinden, jeder ein Jemand waren.

Wir machten Späße und Witze, und neben uns tanzten die Straßenjungen. Aus den Gärten kamen braune kleine Javanenmädchen, die warfen mir weiße und rosa Brauttränen zu. Brauttränen sind feine Blütendolden einer indischen Schlingpflanze, die an vielen Häusern hochklettert und das Haus einhüllt. Und bald waren des Wasserbüffels Hörner mit lila Bougainvilleblüten, mit weißen Franchipaniblüten, mit rosa Brauttränen, mit gelben und scharlachroten Hibiskusblüten kunterbunt behangen, und ich ritt auf einem blühenden Tier durch die Baumstraßen des Landstädtchens.

»König Matiuni, König der Blinden!« riefen die Leute immer wieder. Denn es hefteten sich nun noch mehr Blinde, die vor den Basarbuden als Bettler gesessen hatten, dem Zug an. Und ich, König Matiuni, König der Blindern ritt stolz, meine Zither spielend, und freute mich über meinen Anhang. Und ich und alle meine Blinden trugen Kränze von Blumen auf dem Leib und frohes Lachen in unseren grinsenden Gesichtsfalten.

»Nun siehst du«, sagte mein Büffel gut gelaunt, »nun bist du schon beim König angelangt! «

Ich verstand ihn nicht. Ich sah mich um, ich konnte aber weder ein Schloß noch einen König sehen. Ich sah nur die Basarstraße mit dem Gewühl buntgekleideter geschäftiger und zahlender Javanen.

»Ich soll beim König angelangt sein?« fragte ich staunend und begriff in meiner Greiseneinfalt nichts.

»Nun, wirst du nicht von allen Leuten als König der Blinden ausgerufen?«

»Ach, du willst mich foppen, Grauschädel, behornter? Sollte ich nur bei mir als König anlangen?«

»Bist du schon einmal König gewesen, daß du so hochmütig tust, nichtsnutziger Europäer?«

»Sie, hören Sie mal, besinnen Sie sich, Sie Brüllochse, Sie! Wie komme ich dazu, nichtsnutzig zu sein?« fuhr ich mein Lasttier an.

»Na«, brüllte der, »ihr Europäer glaubt doch nicht, daß ihr in unsern Javanenaugen zu etwas nutze seid. Ihr seid uns so viel nutze wie der Sonntag dem Samstag. Ihr spielt die Könige, die ihr gar nicht seid. Ihr ruht euch bei uns aus und schwelgt im Wohlleben wie Sonntage, wir aber sind die Samstage und dürfen uns des Sonntags wegen abschuften.«

»Hören Sie auf, gehässige Randbemerkungen zu machen, Sie javanische Zierleiste, Sie! Ich sitze nicht hier, um Ihrer Musik von Schimpfworten zu lauschen. Ich bin königlich blind, und Sie haben sich in meine königliche Blindheit zu fügen.« Ich wurde ungeduldig. »Kommen wir denn nun bald weiter?«

»Wenn's Ihnen eilt, können Sie absteigen und einäugig weiterlaufen, Sie halber König.«

Da ich nur halb blind war, war ich natürlich nur ein halber König der Blinden. Ich mußte dem klugen Büffel recht geben. Und nun trabten wir an einem Rasengarten vorüber, dadrinnen stand ein langes, weißes Haus, das hatte nur ein Erdgeschoß zu ebener Erde und darüber das Dach. Aber an des Hauses Längsseite waren viele kleine Schalterfenster angebracht, und vor jedem Fenster drängten sich Menschen, javanische Männer und Frauen – wie auf dem Reichspostamt sah es aus.

Ich wußte: das war das Pfandhaus von Garoet, das so schön in einem grünen Garten lag wie ein königliches Lustschloß.

Im Garten war auch die Versteigerungshalle: auf braunen Balken ein Dach. Darunter saß an einem Tisch der Mann, der die im Pfandhaus verfallenen Gegenstände zu versteigern hatte. Und sein Tisch war dicht umringt von Javanen. Man kann sich bei uns in Europa gar nicht vorstellen, wie lustig es in einem javanischen Pfandhausgarten zugeht. Es war da wie im Garten eines Münchner Braukellers. Da standen Garküchenköche herum, die brieten Bananen und Mandelkuchen. Und Limonadenverkäufer mit blauen und grünen Limonadegläsern auf kleinen Tischen standen da. Und Zuckerbäcker, die buken kleine Tiere und Menschengestalten aus süßem Teig auf ihren fliegenden Küchenherden, die sie an einer Stange auf der Schulter tugen. Und auf dem Rasen um die Versteigerungshalle herum hockten Javanen in bunten Kleidern mit bunten Tüchern auf dem Kopf, die knabberten Süßigkeiten und Pasteten und Früchte, und andere rauchten und schwatzten mit Bekannten; und um den Versteigerungstisch drängten sie dicht und steigerten lustig und kauften alte versetzte Goldsachen und Messingschalen und alte Waffen und. schöne Batiktücher, bunte und holländische Porzellanteller und kupferne Reiskochkübel und viele, viele Dinge, die in Stunden der Not aus kleinen Haushalten ins Pfandhaus gewandert waren.

Der Javane betrachtet das Pfandhaus als eine Art Börse. Dort kauft und verkauft er nach Herzenslust. Und ganze Familien drängten sich lustig lachend und plaudernd vor den Schaltern, wo sie ihre Sachen versetzten und dabei kein Gefühl von Bedrücktheit oder gar von Schmach und Schande spürten. Das Pfandhaus war wie ein Markt und wie ein Taubenschlag so lebhaft und so unterhaltend.

Hier also kam ich auf meinem aschengrauen Wasserbüffel angeritten, schön bekränzt und vergnügt musizierend.

Ein Eisenbahngeleise, das zur Garoetstation führt, geht am Pfandhausgarten vorbei.

»Hier«, sagte mein Büffel, »setzt du dich beim Schienenweg am Pfandhausgarten nieder, und mit dir deine sieben Begleiter. Ich aber werde dort drüben in das lange, neue Bioskoptheater gehen; dort wird nur abends gespielt, und dort ist jetzt viel Raum. Dort werde ich eine brüllende Rede halten, und bald darauf wirst du, und mit dir deine Sieben, das Gold wachsen hören.-Aber wenn du später darunter zu leiden hast, weil du das Gold und nicht das Gras hast wachsen hören wollen, so beklage dich gefälligst nicht bei mir, hörst du, mein Herr Halbkönig!«

»Schluß!« rief ich. »Los! Und laß das meine Sorge sein; Gold wird mir keine Sorge bringen; das wäre doch zu komisch«, lachte ich ungläubig.

Ich tat, wie mein Büffel geraten. Und ich setzte mich an den Schienen beim Pfandhausgarten nieder und hieß meine sieben Gefährten das Gleiche tun.

Nicht weit von mir beim Eingang zum Pfandhausgarten saßen aber die Juwelenwäscher am Boden. Sie wuschen Goldarmbänder und Goldhaarnadeln und Goldketten und Goldbroschen, die ihnen Javanen gaben, ehe die Goldsachen zu den Schaltern des Pfandhauses wanderten. Die Wäscher hatten Schalen mit Säure und Flaschen mit Säure und Seifenwasserschalen vor sich an der Erde stehen; still und emsig spülten sie das Gold in den Säuren ab und bürsteten es und putzten es so blank, daß jeder Schmuck gleich wieder wie neu aussah.

Mit meinem einen Auge, das ich noch sehend hatte, schielte ich nach den vielen hübschen Goldsachen, die dort auf Tellern lagen; und ich dachte: ›Wenn nur dieses Gold zu mir her wachsen wollte! Und mit mir schielten meine sieben blinden Musikanten hin, und wir alle waren ganz still und nachdenklich geworden und vergaßen zu musizieren beim Anblick der hübschen goldenen Schmucksachen.
Denn die Javanen tragen ihr Geld nicht auf die Bank; sie legen es meistens in Schmucksachen aus echtem Gold und in

Diamantenschmuck an, und sie und ihre Frauen tragen meistens ihr Vermögen in Schmuck am Halse, am Armgelenk und an den Fingern und im Haar. Als ich vom Büffel stieg, waren alle die Leute nicht etwa bei mir, dem Blindenkönig, und den Blinden stehen geblieben, nein, sie waren alle dem laut brüllenden Büffel nachgerannt, der über das Schienengeleise fort in den Hof des neuen, hübschen, weißgetünchten Bioskoptheaters gestürzt war. Sie wollten in aller Eile sehen, was der bekränzte gewichtige Wasserbüffel, der ein Vermögen wert war, dort im Theater tun wollte. Das Theatertor stand weit offen, da der Raum am Tage gelüftet wurde, und dorthin waren alle dem Büffel, dem brüllenden, nachgelaufen. Denn, wie gesagt, ein Büffel erregt bei den Javanen mehr Teilnahme als ein Mensch, weil sie in ihm die Kraft bewundern, die ihnen beim Feldbau am Pflug so nützlich ist, wenn das Reisfeld geackert werden soll. Ein Büffelleben ist ihnen wichtiger als ihr eigenes. Es war also augenblicklich ziemlich still um den Halbkönig der Blinden. Vom Pfandhaus her hörte man in Zwischenpausen einförmig die Gongschläge, die weithin melden sollten, daß heute Versteigerungstag war. Und außer dem Bürsten der Goldwäscher war nur wenig Geräusch, denn alle Javanen laufen barfuß, und man hört auf den lebhaftesten Straßen keinen lauten Schritt; nur manchmal schlurft der Pantoffel eines Chinesen vorüber.

Es war schön, im sonnigen Morgen beim grünen Garten unter den scharlachroten blühenden Götterbäumen zu sitzen, und ich hätte eigentlich in meinem dreihundertjährigen Leib mit dem Musikbrett auf dem Schoß wunschlos sein müssen.

So aber horchte ich immer, unzufrieden und lüstern nach Gold, zu den Bürsten der Goldwäscher hin und betrachtete den Seifenschaum, in dem die braune Hand so eines Wäschers auf- und untertauchte, mit Gold gefüllt, mit goldenen Ketten und goldenen dicken Armbändern. Ebenso taten meine sieben Gesellen. Und wir sahen nicht das Gold des Morgensonnenscheines, das viel edler und viel reiner und viel reicher rundum in der grünen Landschaft der Felder und Gärten glänzte. Wir sahen nicht die sanfte friedensreiche Bläue des Morgenhimmels über uns, nicht das kräftige, dunkle, ernste Blau der vierzig Vulkanberge, die draußen am Himmelsrand, rund um Garoet, dem Gierigen und Unzufriedenen mit feurigem Zorne drohten.

Plötzlich hörte ich eine donnerhafte, brüllende Stimme, und ich sah, wie alle Tauben erschrocken von den Dächern aufflogen, wie alle Raben, aufgescheucht von der dröhnenden Stimme, aus den Kokospalmen fernster Gärten flohen, und ich sah, wie die neuen Dachziegel des

Bioskoptheaters zitterten, als fahre ein Sturmwind durch die Dachsparren.

Es war aber die Stimme meines Wasserbüffels, die so höllisch lärmte, daß der Himmel und die Erde zu zittern schienen.

Der Büffel aber sprach drinnen im Theater auf einer Brettererhöhung zu den versammelten sich zitternd niederkauernde Javanen, die ihm mit höchster Achtung lauschten, und ich konnte aus der Ferne jedes Wort verstehen.

»Seid mir gegrüßt, ihr Herren und Herrinnen von Java, – so möchte ich euch anreden, wenn ihr nicht alle Knechte wäret, niederste Knechte des Goldes. Wißt ihr nicht, daß das Gold denen die Augen der Seele ausbrennt, die auf Gold schauen? Wißt ihr nicht, daß ihr Knechte des Goldes werdet, sobald ihr es berührt habt? Ihr glaubt, ihr tragt das Gold als Schmuck am Leibe, ihr wißt nicht, daß das Gold euch am Leibe trägt; denn das Gold ist Herr aller, die es anschauen, Herr aller, die es im Wunsch, es zu besitzen, mit einem einzigen Auge anschielen; Gold hat größere Kraft, als da die Kraft eurer vierzig Vulkane ist, die rund um Garoet über euch drohen. Gold ist verhärtetes Elend, vom Schrecken geschmiedet, vom Kummer und gelben Neid durchglüht; Gold ist den Menschen funkelndes Unglück. Seht die Tiere des Feldes! Jedes Tier da draußen ist unschuldiger und glücklicher als alle, denn keiner ihrer Wünsche, kein leisester Wunsch der Tiger und der Schlangen, der Bären und der Hirsche, der Hunde und der Ratten, der Büffel und der Pferde, ja, auch nicht des von euch verachteten Schweines haftet ja am Golde. Und ihr Menschen, die ihr euch das erste, gewalttätigste Tier der Welt zu sein dünkt, ihr wollt euch zur Niedrigkeit des Goldes erniedrigen und werdet euch dadurch zur Schande und Schmach aller lebenden Kreatur der Erde entwickeln. Selbst die Waldbrüder der Menschen, selbst die klugen Affen in den Palmen des Urwaldes geben nichts auf das Gold. Jeder Kieselstein, der glänzt, ist ihnen eine Spielerei, so auch das Gold.

Seht, auf welch hoher Stufe der Seelen- und Willensbildung wir Tiere über euch stehen! Wir sind nie die Knechte des toten, frechen Goldes geworden. Wir leben nicht in Schulden und Sorgen und in Schlaflosigkeit und in Gefühllosigkeit des Goldes wegen. Wir haben uns nie mit dem Laster der Goldgier belastet. Wir sind deshalb die über euch Stehenden geworden, von dem Tage an, da ihr das Gold berührtet, von dem Tage an, wo ihr euch an den toten, kalten Leib des Goldes hängtet, von dem Tage an, da ihr eure Seele verstoßen habt und statt ihrer das Gold als eure Seele in euer Herz setztet, –

von diesem Tage an seid ihr die Gefallenen der Erde geworden. Ihr steht unter dem unschuldigen, bescheidenen Waldtier. Ihr steht unter dem bescheidenen Feldtier. Ihr wagt es, uns eine Seele abzusprechen, ihr, die ihr eure Seele für das Gold hergegeben habt. Unsere Seele liegt in der Unschuld unserer Augen, in der Stärke unseres ungeknechteten Leibes, in der Wunschlosigkeit unseres Herzens, – da liegt unsere Seele und schlummert im Paradies der Unschuld, aus dem euch der Blick auf den Apfel des Goldes verstoßen hat! Ich, der Helfer eurer Väter im Acker, ich, der Helfer eurer Kinder im Acker, ich, der ich für euch meinen Schweiß am Pfluge gebe, damit ihr Brot habt, ihr Sklaven des Goldes, ich verachte euch im Namen aller Tiere des Feldes. Im Namen aller Tiere des Waldes sage ich euch, daß das Reich der Seele unser ist, und euer ist das Reich des seelenlosen Goldes.

Was ihr tun sollt, euch zu erretten und dem Golde zu entgehen? fragt ihr mich mit euren Augen und Ohren? Wer mit seinem Herzen fragt, weil er loskommen will vom Golde, dem sage ich: Werfet alles Gold von euch! Vertreibt es aus dem Bereich eurer Augen, aber vertreibt es vor allem aus dem Reich eurer Wünsche, Hoffnungen und Gedanken.

Bildet Gemeinden, rate ich euch, aus denen das Gold verdammt ist bei Todesstrafe!

Bildet Gemeinden, wo Menschen geboren werden und sterben, die nie das Wort Gold aussprechen gelernt haben!

Bildet Gemeinden zuerst, die das Gold wegwerfen! Dann, zum andern, Gemeinden, die allem Gold aus dem Wege gehen! Gemeinden, die zum dritten und letzten endlich das Dasein des Goldes vergessen haben!

Unter dem Gold meine ich alle Juwelen, alle Goldmetalle, alle Wertmetalle, allen Metallschmuck eures Leibes, der euch nur belastet, herabzieht und euch ärmer macht als die ärmsten Waldtiere, die reich und große Herren gegen euch Goldsklaven sind, da sie reich an Freiheit von der Goldgier sind, reich an Unschuld der Seele, reich an Goldunwissenheit. Warum kommt ihr zur Landschaft, warum kommt ihr zum Walde, warum zum Garten nach getaner Arbeit? Um euch von eurer Goldschuld bei unserer goldlosen ländlichen Waldunschuld zu erholen!

Wenn auch wir Tiere dem Golde nachliefen und an ihm hingen, wie ihr, so würden Wälder, Berge und Erde in Flammen der Goldfrechheit untergehen. Nur unsere Unschuld erhält die Länder der Erde. Eure Goldungeduld ist die Zerstörerin alles Lebens, aller Seelenunschuld, alles Lebensgeistes überhaupt.

Und nun bedenkt euch nicht lange. Ich habe euch hier den Matiuni, den dreihundertjährigen Matiuni, den unschuldvollen, goldfremden Blinden, den König der Blinden, mitgebracht. Ihm liegt nichts mehr am Golde. Er hat seit seinem hundertsten Lebensjahre das Gold vergessen. Seit zweihundert Jahren hat er nichts vom Golde gesehen, kein Gold berührt. Nur Musik und Unschuld ist seiner Seele Gold.«

Ich hörte sprachlos zu. Und wollte schon rufen: ›Der Büffel lügt jetzt. Was er vorhin sagte, war gut. Aber er macht mich nun besser, als ich bin. Darin lügt er jetzt.‹ Doch ich schwieg. Denn es herrschte eine so andächtige Totenstille nicht bloß in dem Raum des Theaters drüben, – auch in dem Garten des Pfandhauses und auf den Straßen, überall waren alle Leute andächtig geworden und hockten sich nieder, wo sie gerade standen. Und die Versteigerung setzte aus. Der Gong schwieg. Die Tauben waren auf die Dächer, und die Raben waren in die Palmen zurückgekehrt. Die Hunde saßen still und lauschten. Die Wagenpferde standen still und lauschten. Alle Blätter und Blüten an den Götterbäumen lauschten, jeder Grashalm, jeder Grashüpfer saß still, und die Frösche in den Reisfeldern, die sonst nie Ruhe gaben, – alle schwiegen und horchten auf die wahren Worte des klugen Büffels. Der Büffel fuhr ununterbrochen fort:

»Da draußen zu Matiuni tragt euer Gold hin. Er soll euer Gold mit seinem blinden Hofstaat in die Urwälder tragen, er, der König der Blinden. Nur er allein kann das Gold aus eurer Welt schaffen. Der dreihundertjährige Matiuni ist der einzig lebende Mensch heute in Garoet, der nichts vom Golde mehr weiß, der nicht weiß, was ihr ihm gebt, wenn er euer Gold in den Urwald schleppt mit seinen blinden Gefährten, die ihm und mir blindlings gehorchen. Im Urwald wird er es begraben, oder wird es besser in den Krater des Papandaj an versenken, und euer Gold wird zu Feuer, und der Zorn der Feuerberge zerschmelzt und frißt mit Wollust alles Gold von Garoet, alles Gold von Java, um euch zu rechtlichen, freien Herren des Lebens zu machen.

Rafft euch auf zur Goldfreiheit, die bei uns Tieren im Feld und im Walde wohnt, weil wir keine Goldgier und keine Goldknechtschaft, kennen! Rottet die tödlichste Begierde, die euch alle, mit Ausnahme des blinden Matiuni hier, verseucht, – rottet sie aus euren Augen und aus eurem Sinn!

Geht hinaus zu Matiuni, den ich euch gebracht habe! Wisset, der einzige Wunsch dieses weisen Dreihundertjährigen, als ich ihn heute traf – ihr ratet es nicht –, sein Wunsch war, das Gras wachsen zu hören!

Hört ihr: nicht das Gold, sondern das Gras wollte der Blindenkönig wachsen hören! Wißt ihr, was das besagt, dieser Wunsch? Er besagt, daß sein Herz unschuldig ist wie der Urwald, der seit tausend und aber tausend Jahren auch keinen andern Wunsch kennt, als das Gras wachsen zu hören. Im Urwald sind es Blätter; aber Blätter oder Gras, – beide wachsen eines so melodisch und musikalisch wie das andere. Diese Musik des Graswachsens kann aber nur der belauschen, nur der hören, der so lange wie der dreihundertjährige Matiuni das Gold vergessen hat. Nur er konnte den Wunsch in seinem Herzen finden, den vor ihm noch nie ein lebender Mensch gefunden hat. Wißt ihr nun, daß ihr euer Gold niemand anderm zu geben habt als dem Unschuldvollsten unter euch, der gar nicht erkennt, daß er Gold in den Händen hält, wenn ihr es ihm hinreicht.«

Und bald, nachdem der Wasserbüffel also groß und mächtig geredet hatte, verließ er unter Jubelrufen der Javanen das Theater und ging gemächlich über die Straße an den Wiesenrain, wo ein Bach aus einem Reisfeld an der Gartenstraße entlang floß; und der Stier neigte seinen Nacken, und man hörte ihn in großen Zügen das frische Wasser schlürfen, denn er hatte sich heiß geredet. Und einige Leute aus den Gemüseständen am Wege kamen und legten einige Kolben frischen gelben Mais vor den Stier hin, und andere breiteten Kohlblätter aus, er aber ließ die Gaben unbeachtet und sagte aufschauend und wiegte die schweren Hörner drohend: »Kümmert euch nicht um mich, ihr Leute, kümmert euch um eure Seele! Ich helfe mir schon selbst.« Und damit trollte er sich unter den Bäumen am Bachrand entlang und labte sich an jungen Gräsern, die am Wegrand wuchsen, und raufte das frische einfache Gras, und alle, die es sahen, bewunderten die Ruhe und die Andacht und die Genügsamkeit, mit der dieses Tier am Wege stand und sich von Wasser und Gras und Luft nährte, und dem es an göttlicher Lebenseinfachheit keiner der Umstehenden gleichtun konnte.

Da erfaßte sie vor der Lebensart des klugen Tieres, mehr noch als vor seinen klugen Worten, das Gefühl der Scham und Erbärmlichkeit ihres goldgierigen Menschendaseins.

Die Straßenjugend war gleich nach dem Schluß der Büffelpredigt zu mir gelaufen und hatte angehoben, den Vers vor mir zu singen, den sie sich gedichtet hatte:

Seht, dort seht,
Matiuni, der Prophet.
Matiuni, der das Gold vergaß,
Hört wachsen jetzt das Gras.

So sangen sie, die Jungen, und nun kamen auch die älteren Leute hinzu; und als die Ortsvorsteher, die javanischen, und ihre Frauen und andere vornehme Javaner ihre Goldreifen von den Fingern zogen und ihren Schmuck vor dem blinden Matiuni niederlegten, da begann ein allgemeines Leben, alle drängten herzu. Die Frauen nahmen die kleinen Goldblumen aus ihren schwarzen Haarknoten, sie streiften sich und ihren Kindern die dicken Goldringe von den Hand- und Fußknöcheln ab. Sie legten die verzierten großen Goldnadeln, mit denen sie ihre dünnen bunten Schleierjacken auf der Brust geschlossen hielten, vor mir nieder. Und es regnete Gold, Goldschmuck, Goldgeld von allen Seiten, so daß ich mit meinem einen sehenden Auge das Gold rascher wachsen sah als einen Gebirgsbach beim Wolkenbruchregen. Ich saß bald mit meinen Kameraden hinter einem Wall von Goldschmuck, der wuchs höher, als die Nase mir im Gesicht saß. Denn auch aus der Stadt kamen die Leute gelaufen. Die Kunde von der Pest des Goldes hatte sich rundum verbreitet, und je weiter die Leute herkamen, und je weniger sie von den eigentlichen Goldverdammnisworten des Büffels selbst vernommen hatten, desto größer war ihr Eifer, ihr Gold los zu werden, und ihre Furcht, auch nur einen Goldring zu behalten. Denn es hieß zuletzt: jeder, der von heute ab Gold ansehe, müsse tödlich erkranken und müsse sterben. Dazu kam noch, daß ein kleiner Erdstoß die Garoet-Erde zittern machte, als der Büffel sein letztes Wort gesprochen hatte, und als der erste seinen Goldring vor mir niederlegte. Dieses Erdbeben sei das leibhaftige zustimmende Nicken der Erde gewesen, so deuteten es sich die leicht erregbaren Javanen. Und da nun auch die Erde gegen das Gold geredet zu haben schien, war ein allgemeines Hasten, und einer riß den andern fort, im Eifer, sich seines Goldes bei mir zu entledigen.

So sah ich also wirklich zu meiner Schande das Gold vor mir wachsen. Und ich begriff nur noch nicht recht, ob ich mich freuen oder ärgern sollte.

Meine sieben Schlingel von Musikanten hielten die Köpfe gesenkt, aber an dem Zittern des dünnen Leinenstoffes ihrer Jacken sah ich, daß ihnen die Herzen vor Goldgier klopften.

Hilflos und unwissend und schlecht und niederträchtig kam ich mir vor, als ich die unschuldigen, guten Javanenleute sah, die, treuherzig und von der Rede des Büffels ergriffen, alles Gold weggegeben hatten, und die nun schmucklos weiterzogen, als hätten sie nichts Großes getan; so einfach und scheu und ganz gedemütigt gingen sie ihres Weges. Sie gingen alle noch unter dem Albdruck der donnernden Büffelworte, das konnte man ihnen ansehen.

Einige Leute brachten nun große Säcke und Stricke, und andre brachten Maultiere an; jedem Musikanten gaben sie ein Maultier, das er, da er ihnen blind schien, am Schwanz halten mußte.

Meinem Büffel hingen die Blütenkränze ganz verwelkt am schweißigen Leibe herunter, so heiß hatte er sich geredet. Aber nun war er still und stand vor mir, und nur das eine Wörtchen »Aufsteigen!« sagte er befehlend zu mir, dann schwieg er mürrisch und gewaltig; dabei käute er an dem zermalmten Gras zwischen seinen Zähnen wieder, wie ein alter Seemann, der sein Priemchen Tabak kaut.

Die Goldwäscher saßen ganz versonnen am Eingang des Pfandhausgartens, als wir vorüberzogen. Ihre Seifenwassernäpfe waren leer, und ihre Hände lagen verschränkt über den Knieen, aber keiner verzog eine Miene, trotzdem sie ihren Beruf eingebüßt hatten. Mit der ergebenen Ruhe des Asiaten sahen sie dem Zuge nach, der da das ganze Gold aus Garoet fortschleppte. Es waren aber an fünfundzwanzig Säcke Gold geladen: zwei auf jedem Maulesel, jeder Musikant trug auf dem Rücken noch einen Sack, mein Büffel aber trug allein vier Säcke voll Goldsachen; auf jeder Flanke zwei gutgefüllte große Säcke.

Ich aber saß auf dem Büffel inmitten der vier Goldsäcke und hatte alle Musikinstrumente, meines und die der sieben Musikanten, umgehängt und war von toten, lautlosen Instrumenten wie begraben. Dann zogen wir zum Ort hinaus. Es war ein ehrfürchtiges Gemurmel in allen offenen Häusern und Buden am Weg, und eine dichtgedrängte Schar wollte uns begleiten bis ans Ende des Ortes.

Wir zogen aber den Weg nach Tjisiroepan, der auf den Krater des Vulkanes Papandaj an führt.

Wir waren kaum aus Garoet hinaus und zwischen grünen Reisfeldterrassen auf der großen, breiten Landstraße, die immer langsam ansteigt durch die Hochebene hin, da rief mein Büffel, als uns die letzten Einwohner von Garoet verlassen hatten: »Eure Hoheit glauben wohl, daß ich Ihre vier Säcke den ganzen Weg schleppe? Das fällt mir aber gar nicht ein. Bis Tjisiroepan sind es gut vier Wegstunden für einen Büffel, der eine Last zu tragen hat. Ich bitte Eure Hoheit also nachdrücklich, abzusteigen und mindestens zwei Säcke selbst zu tragen. Und die Esel sind auch zu viel belastet. Mehr als einen vollen Goldsack kann kein Esel ohne Rückenschmerzen tragen, die Musikanten aber müssen jeder noch einen Sack auf sich nehmen, und jeder muß seinen Esel um einen Sack entlasten.«

Die Musikanten waren ganz schweigsam und bedrückt von dem vielen Gold, das man ihnen anvertraut hatte, und sie sprachen kein Wort. Auch ich hatte meinen Geist noch nicht zurückgewonnen und war ganz betäubt von dem eben Erlebten.

»Na, großer Herr König und Prophet Matiuni«, lachte der Büffel höhnisch, »Gold erraffen, das möchtet Ihr gern, besonders, werin Ihr es so schnell und reich habt wachsen sehen, wie dieses Gold hier. Eigentlich könnte ich Euch überhaupt jetzt verlassen, Ihr habt, was Ihr wollt. Ihr kamt zum König, das heißt, Ihr erreichtet den Titel König, und als Dreingabe wurdet Ihr auch noch zum Propheten erhoben. Ihr habt Gold wachsen hören, und Ihr seid ein dreihundertjähriger sehender Blinder geworden. Da Ihr keinen Wunsch weiter ausgesprochen habt, könnte ich eigentlich umkehren und Euch beim Golde lassen.«

»Bester Büffel, bitte, laß mich nur jetzt nicht allein!« bat ich inständig. »Ich bin nämlich ganz ratlos, was ich mit dem vielen Gold anfangen soll.«

Wir hatten aber, ehe wir das Gespräch begannen, die sieben Musikanten vorausmarschieren lassen und waren jetzt sozusagen unter uns.

»Weißt du, lieber Büffel, eigentlich ekelt es mir vor dem vielen Golde«, fuhr ich fort.

»Ach, was du nicht sagst!« lachte der Büffel ungläubig und höhnisch. »Du meinst wohl, es ekelt dir davor, von jetzt ab zwei Säcke bergauf schleppen zu müssen?«

»Ach, ganz gewiß nicht, lieber, bester, treuer Büffelherr«, flehte ich in höchster Hochachtung. »Ich will gern das Gold auf mich nehmen; aber ich mußte dir nur gestehen, daß mich deine Worte von vorhin im Theater tief erschüttert haben. Ich bin ganz deiner Ansicht. Wir Menschen sollen uns nicht ans Gold hängen, uns nicht dem falschen, gelben Blick des Unglücksgoldes hingeben.«

»Hm«, nickte der Büffel beifällig. »Hm.« Und dabei käute er ruhig sein Gras im schaumigen Maule wieder, das er sich immer wieder aufstoßen ließ, wenn er es beinahe hinuntergeschluckt hatte. Es schien ihm höchsten Genuß und innerste Befriedigung zu geben, diese unschuldig endlose Beschäftigung zu wiederholen. Und ich mußte, als ich den Wiederkäuer, den edlen, so beobachtete, in meinem Herzen denken: ›Er ist nicht anders als ein Kind, das andächtig an seinem Daumen lutscht, oder ein Mann, der seinen Priem kaut, oder ein Amerikaner, der Gummi kaut, oder ein deutscher Förster, der seine kalte Pfeife im Mundwinkel hängen hat und daran kaut.‹ So viel Vergleiche mit den Menschentieren fand ich bei der Kaugewohnheit des Büffeltieres, daß ich zuletzt beinah keinen Unterschied mehr sah.

»Bedürfnislosigkeit ist höchste Lebensweisheit«, sagte der kauende Büffel. »Das Kauen kostet mich nichts, während alle eure Bedürfnisse nicht natürliche Gewohnheiten, sondern ausgedachte üble Angewohnheiten. sind, wie euer Tabakrauchen und euer Zahnstocherkauen und Gummikauen. Wir Büffel waren weise in der Auswahl unserer Gewohnheiten, weiser als das unglückliche Menschengeschlecht, das sich immer ruhelos neue Gewohnheiten zulegt und damit selbst bezeugt, daß es im Grunde unweise ist, weil es nicht bei einer einzigen ererbten Gewohnheit ausharren kann.«

Wie wir noch so am Wege standen und uns beide im Geiste besprachen, kamen von weitem plötzlich die sieben blinden Musikanten ohne Säcke und ohne Esel angerannt und schwangen schon ganz weit die Hände und riefen mir unverständliche Worte zu.

»Die Polizei hat ihnen das Gold abgenommen«, lachte der Büffel gemütlich, »die Polizeisoldaten sind vom Residenten vor uns ausgeschickt worden, um uns, wenn sich das Volk verlaufen hätte, alles Gold abzunehmen. Ich hörte vorhin, als ich am Wegrand beim Pfandhaus unterm Telephondraht stand und Gras raufte, das Telephongespräch zufällig mit an, das der holländische Resident von Garoet mit dem Polizeiwachtmann hatte. Ich hatte es aber wieder vergessen. Nun, wenn die holländische Regierung das Gold nach Holland bringen will, dann ist das Gold ebensogut aus Java fort, als wenn wir es erst hinauf zum Papandajan an den Krater schleppen sollten. Die Polizei nimmt uns liebenswürdigst die Wegschaffung des Goldes ab. Das ist sehr angenehm für dich, nun brauchst du keine Säcke zu schleppen«, lächelte mein Wasserbüffel mir zu.

»Was«, rief ich aus, »die holländische Polizei will uns das Gold abnehmen? Darüber habe ich zu bestimmen, wohin mein Gold gebracht wird. Unser Gold geht den Residenten gar nichts an.«

Und da ich eben abgestiegen war, sprang ich schleunigst wieder auf den Büffel, schüttelte ihn an den Hörnern, warf den heraneilenden atemlosen Javanen ihre Musikinstrumente zu und rief: »Lauft, lauft zurück, erzählt es am Markt von Garoet; die Polizei muß das Gold wieder hergeben; lauft, wir kommen gleich nach!«

Sie liefen atemlos weiter, da sie fürchteten, von den Polizisten gefangen gesetzt zu werden. In meinem Herzen aber war ich froh, die sieben Kerle los zu sein. Nun konnte ich mit meinem Golde machen, was ich wollte. »Lauf, Büffel, lauf«, rief ich, »lauf querfeldein, von der Landstraße fort, wir müssen unser Gold retten.«

Der Büffel – ich weiß nicht, ob er Ernst oder Spaß machte – stürzte sich, als ob er ein rotes Tuch sähe, fort über den Straßengraben, zwischen den Bäumen durch, hinaus in die Wasserspiegel der Reisfelder. Eine Weile jagte er über die morastigen schwarzen Schlammfelder hin, in denen die grünen Halme der Reisähren so dicht wie unsere grünen Roggenähren stehen. Der Reis wächst nur im Wasser. Einige Fuß tief ist da in den Feldern immer Wasser, das tief in die Erde dringt und diese zu schwarzem Brei aufweicht. Dieser Reisfeldmorast ist der höchste Hochgenuß für die Herren Wasserbüffel. Und kaum waren wir so weit, daß wir von der Landstraße aus nicht mehr gesehen wurden, und waren in einem noch unbestellten schwarzen Morastfeld angekommen, da kniete sich mein Büffel fröhlich brüllend nieder, legte sich auf die Seite und rollte mich und meine Goldsäcke und sich selbst in den tiefen, schwarzen, ekelhaften Fettschlamm des Wasserfeldes. Ich sank bis an den Hals in den Dreck. Die Goldsäcke versanken, von der Schwere hinuntergezogen, in der schwarzen Tiefe, und der Büffel wälzte sich und grub sich mit höchstem Wohlbehagen immer tiefer in das Morastfeld ein, so daß zuletzt nur noch sein Kopf mit den zwei schwarzen Hörnern aus dem Erdbrei herausschaute.

»Du, Matiuni«, brüllte der Derbe vergnügt, »du wirst doch nicht etwas Schmutz scheuen. Nachher ziehen wir hinunter zum Fluß und waschen uns im Tjmai-Stromwasser wieder sauber. Siehst du, das sind eben so unsere einfachen biederen Büffelgewohnheiten. Bist du als Junge nicht gern im größten Dreck herumgepatscht, dann warst du nie ein richtiger Bengel.«

»Ja«, sagte ich etwas kleinlaut und tief atemsdinappend, »es ist nur schon etwas lange her, daß ich ein Bengel war, – ich habe es verlernt, die Pfützen zu ergründen.« Ich wollte mir meine Wut nicht anmerken lassen und hoffte, den Büffel durch Freundlichkeit bei seiner guten Laune zu erhalten, damit er meine Goldsäcke wieder aufnehme. Er könnte sie leicht mit seinen Hörnern aus der Tiefe heben, dachte ich mir. Darum machte ich gute Miene zum bösen Spiel.

Nachdem ich so eine Weile bis zum Hals im Dreck gestanden und versucht hatte, mir die Augen reinzuwischen, was aber nicht gelang, sagte ich seufzend: »Nun bin ich, glaube ich, auf beiden Augen richtig blind geworden.«

»Ach, was du nicht sagst!« lachte mein Büffel immer gemütlich. »Dann bist du also kein Halbkönig mehr, sondern ein richtiger Blindenkönig. Ich gratuliere zur Standeserhöhung.«

»Na, ich danke. Ich bin müde von so viel Ehre. Ich schlage vor, wir heben meine Säcke wieder aus dem Morast heraus und tragen sie endlich, wohin sie gehören, auf den Papandajan. Denn das habe ich den Garoetleuten doch versprochen, nicht wahr, Büffel?« Ich wollte eigentlich ›Büffel dreckiger‹ sagen, hütete mich aber, ihn zu beleidigen, ehe ich meine Goldsäcke hatte. »Also«, fuhr ich fort, »sei so gut, tu dich nach meinen Goldsäcken um und gib die Spielerei jetzt auf.«

»Nach deinen Goldsäcken soll ich mich umtun?« kam es höchst erstaunt vom Büffelmaul zurück. »Ich habe deine Goldsäcke doch nie getragen.«

»Na also, die Säcke der Leute; sei doch nicht so wortklauberisch, du alter Quälgeist, du!« sagte ich gereizt. »Ich will jetzt endlich zu meinem Gold kommen«, fuhr ich unvorsichtig und übereifrig fort. Es entfuhr mir so nebenbei.

»Du willst dich also wieder dem falschen, gelben Blick des Unglücksgoldes hingeben?« lachte der Büffel, meine Worte von vorhin höhnisch wiederholend.

»Ach was!« sagte ich, und die Geduld riß mir zu früh. »Mach jetzt! Ich danke dafür, hier im Dreck mein Leben zu beschließen. Deine Worte über das Gold fanden wohl im Geist meinen Beifall, aber in der Wirklichkeit und als Taten lassen sie sich nicht durchführen, – das wollte ich dir gerade vorhin auf der Landstraße auseinandersetzen, als die Polizei ankam und wir fliehen mußten.«

Der Büffel brüllte: »So, wenn du dieser Meinung bist, dann bist du also lieber ein Dieb als ein ehrlicher Mann und möchtest wohl gar das Gold der armen Garoetleute einstecken? Ja, das würde dir so passen; ich habe dir nur versprochen, daß du Gold wachsen hören sollst, aber ich habe dir keine Unze Gold in die Hand versprochen. Ich will nichts mit einem Golddieb zu tun haben, und deinen Hehler wird selbst der niedrigste Büffel nicht machen wollen.« Und damit wollte der Büffel sich aus dem Schlamm erheben und wollte mich im Dreck stecken lassen, aus dem ich mir nicht allein heraushelfen konnte.

»Hallo, Büffel, sei doch nicht so übelnehmerisch; ich meinte es nicht so!« Und nun wurde ich wirklich ernst und bedachte, wie recht der Büffel damit hatte, daß ich ein Dieb geworden wäre, wenn ich meine Hand nach einem einzigen Goldschmuck in den vier versunkenen Säcken ausgestreckt hätte. Nein, so hatte ich es nicht gemeint. Ich hatte es nicht überlegt und hatte mich nur am Gold freuen wollen, aber der Büffel klärte mich auf, und ich schämte mich und wurde zornig über mich selbst, weil ich dümmer als ein Büffel war und mir von ihm Ehrlichkeit beibringen lassen mußte. »Lieber Büffel, nun bereue ich wirklich, was ich da eben bös und dumm gesagt habe. Verzeih mir! Ach, hätte ich doch niemals das Gold wachsen hören wollen! Man hat wirklich nichts als Ärger und Dreck davon«, begann ich aufrichtigen Herzens zu klagen. »Hätte ich doch lieber das Gras wachsen wollen, dann hätte ich vielleicht einen schöneren Morgen erlebt, als dieser war!«

Da wurde mein Büffel wieder gut und sagte: »Das Gras kannst du immer noch wachsen hören, dazu ist es nie zu spät. Besonders, da du dich von aller Goldgier befreit fühlst; nun wird es mir ein Genuß sein, mein Herr, Sie dorthin zu führen, wo Sie das Gras wachsen hören können.« Und das gute Tier kam nahe zu mir, so daß ich seinen Nacken fassen und aufsteigen konnte, dann erhob es sich völlig und trug mich aus dem Morastfeld fort. Zuerst wuschen wir uns unten am Fluß rein, ich samt meinem weißen Leinwandanzug trocknete schnell an der heißen Vormittagssonne, und dann ritten wir bergan, zum Urwald, wo ich das Gras wachsen hören sollte.

Die vier Goldsäcke lagen nun im Morast des Wasserfeldes versunken, und wenn sie mir manchmal in den Sinn kamen, dann dachte ich schnell an etwas anderes, nur um nicht wieder in Versuchung zu fallen und mir Gold zu wünschen.

Im Urwald, als wir ihn bei Telagas Bodas nach vielen Stunden erreichten, war es grau und nebelig, und wir kamen erst in ein Tal, das hieß das Totental; denn dort strömten aus der Erde giftige Dämpfe, und jede Eidechse, jede Schlange, jede Maus, jeder Frosch, alles Getier, das dicht am Boden lebte und in dieses Tal geriet, mußte sterben. Die Menschen aber konnten aufrecht dort gehen, ohne daß ihnen die giftigen Gase schadeten, da sie nur einen Fuß hoch über die Erde aufstiegen und nicht höher steigen konnten.

»Hier übergebe ich dich der Führung der roten Papageien«, sagte mein Büffel. »Denn mein Aufenthalt ist nicht im Wald, ich bin ein Wasserbüffel, und mir sind als Aufenthalt die Felder angewiesen und die Moraste.

Also gehab dich wohl! Am Ausgang des Totentales klatschst du in die Hände, wenn du zurückkommst und das Gras hast wachsen hören. Dann hole ich dich ab.«

Und der Büffel setzte mich ab, ließ mich stehen und lief zurück. In den Bäumen sah ich eine Schar dunkelroter kleiner Papageien fliegen. Die Bäume waren der ungesunden Luft wegen nicht reich belaubt, und man sah mehr graues Astgestrüpp als grüne Blätter, und alte vertrocknete Lianenwurzeln hingen wie graue Taue von den Baumgerippen; auch stiegen viele feuchte Dämpfe durch die halbkahlen bemoosten Baumstümpfe. Deshalb wurde der Wald, weil er so nebelig war, auch der Nebelwald genannt. In den kahlen Bäumen und im weißlichen Nebel konnte man die feuerroten Papageien sehr gut sehen, und ich konnte ihnen gut folgen, als sie vor mir her flogen. Aber ich mußte bei jedem Schritt schaudern, denn öfters lagen vor mir weiße Skelette von Eidechsen, toten, und weiße, mumienhaft vertrocknete Schlangenleiber. Auch das kleine Geripp eines Vogels lag zwischen dem weißen Steingeröll des Tales. Beim Anblick der kleinen Toten wurde ich recht ernst gestimmt; ich hätte sie gern aufgehoben und begraben, aber die roten Papageien warteten nicht, sie flogen schnatternd und plappernd vor mir her von Baum zu Baum, und ich mußte die Papageien gut im Auge behalten, um sie nicht zu verlieren. Denn dann hätte ich da im totstillen Nebelwald ganz allein in dem weißen Steingeröll gestanden und hätte den Weg nicht vorwärts und nicht zurück gefunden. Es war sehr still. Die blattleeren Bäume rauschten kaum ein wenig, sie waren ohne Blätterzungen, also stumm geboren. Gras gab es keines. Und ich verstand nicht, warum mich der Büffel gerade dort in den Urwald eingeführt hatte, wo der Wald gar keine Stimme hatte. Ich wurde durstig und hungrig, aber es gab keine Beeren und keine Früchte und keine Quelle, und die heiße Mittagsonne brannte durch das Baumgeäst, das kahle. Und immer leerer wurden die Bäume, und immer wirrer und wilder das Geäst, und immer kahler die kahlen Steine.

»Alter Mann, alter Mann!« rief da eine Stimme hinter mir, und es war die krächzende Stimme einer alten Frau.

Ich hatte aber ganz vergessen, daß ich dreihundert Jahre zählte, und daß ich also ein alter Mann war; ich sah mich ganz erstaunt um, und ich dachte, die Frau rufe einen andern, und nicht mich. Das war eine seltsame Alte: sie hatte grünes Haar, langes, grünes Haar hing ihr im Rücken herunter, und sie rief mich und lachte wie eine alte Bekannte. Als sie aber zu mir trat, lachten alle roten Papageien laut auf, und dann flogen sie auseinander und waren im Dickicht verschwunden.

Nun war ich mit der alten Frau allein.

»Alter Mann, alter Mann«, krächzte diese, »auf dich habe ich mein Leben lang gewartet.«

Das verstand ich nicht. Wir kannten uns ja gar nicht, und ich hatte ihr doch gar nichts versprochen.

»Mein Name ist Matiuni«, sagte ich höflich.

»Oh, dein Name ist dein Name, aber dein Wunsch ist mein Wunsch«, rief sie, sich nähernd. Beim Anblick der Alten hatte ich wirklich keinen andern Wunsch als den, nach einem Schluck Wasser zu fragen und nach einer Frucht, um meinen Hunger zu stillen.

»Also dann sind Sie auch durstig und hungrig, wie ich es bin?« sagte ich deutlich.

»Ja, mich dürstet und hungert auch wie dich darnach, Gras wachsen zu hören«, nickte die Alte.

Diesen Hunger und Durst nach Gras, das muß ich gestehen, hegte ich im Augenblick nicht mehr deutlich. Mein Magen sprach nur von seinen Wünschen, mein Herz durfte nicht mitwünschen, solange der Magen so unbändig schrie, darum hatte ich das Graswachsenhören einstweilen halb aufgegeben.

»Darf ich um Ihren Namen bitten, meine Beste? Dann erinnere ich mich vielleicht, wo wir uns zuletzt sahen.«

»Ach, es ist noch nicht so lange her, daß wir voneinander schieden. Heute morgen erst habe ich dich verlassen, kurz nachdem du auf dem Büffel fortgeritten warst, um das Gold wachsen zu hören«, nickte die Alte mir vertraulich und bekannt zu.

»Ich kann mich wirklich nicht entsinnen, ich muß noch geschlafen haben, als Sie an mir vorbeigingen«, sagte ich, nachdenklich geworden.

»O nein, wir kennen uns, wir kennen uns, wenn du mich auch heute morgen mit deinem Wunsch nach Gold verleugnet hast; wir kennen uns, und ich kehre zurück, weil auch du zu mir zurückgekehrt bist.«

»Aber sagen Sie doch, ums Himmels willen, wer sind Sie denn, daß Sie so bekannt mit mir reden?« Ich wurde etwas gereizt durch die Unklarheit, in der ich mich befand.

»Ach, mein Lieber, ich bin doch deine Seele!«

»Meine Seele? Siehst du so aus?« mußte ich, entsetzt über die alte, runzelige Person, ausrufen.

»Ja, wie soll ich denn aussehen; bin ich denn nicht jung und schön genug für einen dreihundertjährigen Mann?« fragte mich meine alte Seele erstaunt.

»Ja, meine Seele, du hast ja grünes Haar!«

Ach habe grünes Haar?« sagte sie erstaunt und zerstreut, wie Seelen meistens sind, da sie nicht fest im Leben stehen. »Ach, dann ist das Haar wohl von meinen Gedanken grün geworden, da ich heute immer an grünes Gras denken muß, das ich wachsen hören möchte.«

»Das ist hübsch, meine Seele«, sagte ich, »daß sich deine Wünsche in der Haarfarbe verraten.«

»Ja, weißt du, wir Seelen sind so aufrichtig wie Fensterscheiben. Man sieht durch uns hindurch und sieht uns alles an, was in uns vorgeht.«

Ich fand, sie sprach ein wenig schwärmerisch.

»Aber warum hast du dich mir denn noch nie früher gezeigt, meine Seele?« fragte ich neugierig.

»Wie konnte ich denn das? Du warst ja noch nie im Urzustand im Urwald. Und wir Seelen offenbaren uns dem, dessen Herz wir besitzen, nur, wenn er zum Urzustand zurückgekehrt. Auch konnte ich erst dann zu dir kommen, als dein Leib den gleichen Wunsch mit mir teilte.«

»Ach, seid ihr Seelen aber eine scheue Gesellschaft!« rief ich aus.

»Jeder ist eben anders gebaut«, sagte sie ruhig lächelnd. Und ich vergaß seltsamerweise bei dem ersten Lächeln meiner Seele meinen Leibeshunger und verlangte keine Früchte mehr zu essen. So wunderschön hatte mich eben meine Seele angelächelt, daß auch mein Magen von diesem Lächeln zufrieden wurde, wie von einem Stück Mandelkuchen mit Schlagsahne und Honigfüllung. Und zu meinem

Erstaunen merkte ich, während ich nach einer Fortsetzung unseres Gespräches suchte, daß meiner Frau Seele die grünen Haare länger und länger wuchsen.

»Ich will uns ein Lied vorsingen lassen«, sagte meine Seele und winkte ein wenig nur mit den Augenwimpern, da kam ein ganz unscheinbarer graugrüner Vogel aus dem Wald geflogen und setzte sich meiner Seele auf den Zeigefinger, den sie ihm hinhielt, und dann sang der kleine Vogel ganz wunderbar schön.

»Was singt er denn?« fragte ich am Anfang.

Aber meine Seele lauschte gedankenvoll auf den Vogelgesang, und dann fragte ich nicht mehr. Bald dachte ich auch gar nicht mehr an Worte, sondern ich fühlte, was der Vogel sang: er sang das Lied, das alle Vögel singen: das Herzlied. Ein anderes kann kein Vogel singen. Immer klingt es anders aus jedem Vogelschnabel, aber immer ist das Lied dasselbe schöne Lied, das Herzlied. Und wenn man gar nicht mehr hinhorcht, hört man das Herzlied noch am Klopfen des eigenen Herzens. Der Vogel singt, dein Herz klopft, und du verstehst bei deinem Herzklopfen mit einem Male das Herzlied.

Als ich das Herzlied verstand, fühlte ich, daß mich meine Seele anschaute, und ich sah ihr zum zweitenmal in die Augen, und nun lächelte sie zum zweitenmal. Und nach diesem Lächeln war mir meine Zunge nicht mehr trocken. Ich fühlte keinen Durst mehr. Es war, als habe mich meine Seele mit diesem Lächeln besser gelabt als mit dem besten Weintrunk. Und es erstaunte mich, daß das langgewachsene grüne Haar meiner Seele nun den steinigen Boden des Totentales erreicht hatte, – so schnell war es gewachsen während des Vogelliedes. Und meine Seele winkte wieder mit den Wimpern, da flog der kleine Vogel fort, zurück in den Wald. Aber es schien mir, als sängen immer noch Stimmen.

»Was singt denn, liebe Seele, da so schön? Der kleine Vogel ist doch fortgeflogen?« Da lächelte meine Seele zum drittenmal, und nun sah ich es deutlich: es waren die Augen meiner Seele, die wie ein Vogelpärchen im Gesicht meiner Seele sangen. Und nun erstaunte es mich, daß meine Seele solch singende Augen bekommen hatte. Mehr aber wunderte mich, daß nun ihr grünes Haar, wo es den Boden der Steine streifte, hinter uns eine lange Fährte von jungem grünem Gras erwachsen ließ.

»Deine Wünsche ziehen das Gras aus der Erde, daß es auf einmal dort aufwächst, wo vorher tote Steine waren.«

»Ach, sieh mal, das wußte ich gar nicht«, lachte meine Seele hell auf, »daß ich das Gras wachsen machen kann. Das ist aber nur, weil du so gut zu mir geworden bist.«

»Bin ich gut zu dir?« fragte ich erstaunt. Ach habe dir doch gar nichts Gutes getan.«

»Hast du mich nicht dreimal so freundlich angelächelt?« sagte meine Seele leiser.

»Du hast mich so freundlich angelächelt«, antwortete ich voll Staunen. »Ich wußte gar nicht, daß ich dreimal gelächelt hatte.«

»Siehst du, das ist das Schöne: wenn wir beide zusammenkommen, dann wissen wir nicht, daß wir Gutes tun; dann sind wir unbewußt gut und lächeln unbewußt. Und wie schön du eben gesungen hast mit deinen Augen, das weißt du wohl auch gar nicht?«

»O meine Seele, wie du seltsam bist, – du hörst mich singen, während ich deinem Singen zuhören muß.«

Und sie lachte froh und frei auf und sagte: »Nun wollen wir uns zum wachsenden Gras niedersetzen.«

Und wir setzten uns, und das Gras zeigte vom Lachen meiner Seele viele goldene Tautropfen, und jeder Goldtropfen spiegelte die Sonne wider, und jedes Goldbild der Sonne blitzte in seinem Tropfen wie eines der vielen javanischen Schmuckstücke, die ich vorhin in meinen vier Säcken auf dem Büffel aus Garoet fortgetragen hatte.

»Oh, das viele Gold auf dem Gras, das viel schöner glänzt als wirkliches Gold«, mußte ich ausrufen.

Da fiel mir meine Seele um den Hals und küßte mich mitten auf den Mund. Ich küßte sie wieder, und da sah ich, daß sie keine alte Frau mehr war, – sie war jung und rosig geworden. Ich mußte tief Atem schöpfen, so sehr ergriff mich ihre Nähe und ihre Jugend.

Sie sah mir an, daß ich von ihr erschüttert war, und sagte: »Wir können alt werden, wenn man uns vernachlässigt, wir Seelen, und wir können jung werden, wenn man gut zu uns ist. Aber sterben können wir nie, und nie den für immer verlassen, dem wir einmal angehören für alle Ewigkeit. Aber wenn wir glücklich sind, können wir vor ihn hintreten, können mit ihm singen und mit ihm lächeln, und wenn wir eines

Wunsches mit ihm sind, kann er uns wieder einatmen, so wie er uns verstoßen und fortgeschickt hatte, als er im Zwiespalt mit seiner Seele lebte.«

Ich mußte tief und erleichtert aufatmen. Und da sah ich, wie meine lächelnde Seele verschwand, als ob sie in mich gleich einem Schluck frischer Luft verschwunden wäre. Und ich fühlte mich sehr zufrieden. Es war mir aber, als ob ich wieder singen hörte. Nun aber war es das wachsende Gras des Totentales, das vor mir Sitzendem sang wie ein Heer von lieblichen, feinen Flöten, und das Gras wuchs feierlich und langsam höher, und kleine dunkelblaue Männertreublumen und goldgelbe Ringelblumen wuchsen im Gras auf. Und die blauen Blumen waren wie winzige kleine treue Himmelsaugen, und die Ringelblumen waren wie viel blühender Goldschmuck, der tausendfältig und schöner als aller wirkliche Schmuck wuchs und blühte und singen konnte wie feine Flöten.

»Das muß ich meinem Büffel zeigen«, sagte ich laut, als ob meine Seele noch vor mir sei. Und ich klatschte lebhaft in die Hände.

Ich mußte ein paarmal laut klatschen, bis der gnädige Herr Büffel sich zeigte. Aber ich war nicht ungeduldig. Denn ich trug ja meine Seele bei mir, und es macht zufrieden, geduldig und beglückt, wenn man seine Seele wieder eingeatmet hat und sie bei sich im Herzen wohnen fühlt.

Als aber der breite, klotzige Kopf des grauen Wasserbüffels aus den Büschen des Totentales auftauchte und er mit seinen großen schwarzen Augäpfeln das viele Gras sah, das im Wachsen immer noch nicht stillstand, da kam der Büffel gar nicht näher, sondern er senkte das schwere, mächtige Haupt und begann gleich mein schönes Gras auszuraufen und zu verzehren.

Ich ließ ihm einige Zeit seinen Willen. Und da das Gras darüber gelacht hatte, daß es dem Büffel so gut schmeckte, hatte auch ich lachen müssen.

Dann aber stand ich auf und sagte: »Büffel, jetzt ist es genug des Guten. Das Totental soll grün bleiben. Alles darfst du nicht abfressen von meinem wachsenden Gras.«

»Laß ihn nur, wir wachsen gern wieder«, sagten einige abgeknabberte Grashalme gutmütig, wie alles Gras von Hause aus gutmütig ist.

Nun, da ließ ich dem Büffel noch ein Viertelstündchen seinen Willen, und dann kletterte ich auf seinen Rücken und sagte: »Nun aber nach

Hause, ich muß das Erlebnis der Lore in Altona schreiben. Eile dich, trage mich heim, lieber Büffel, vor mein Tintenfaß!«

Der Büffel aber fraß ungestört weiter und sagte: »Lege dich nur ins fette Gras nieder; das trägt dich schon nach Hause, das wächst bis an dein Bett und höher und legt dich hin, wo du willst. Mich aber störe nicht, ich habe selten so gutes Gras gefunden; du mußt eine ganz tüchtige Seele haben, die sich gut aufs Graswachsen versteht.«

»Das will ich meinen!« sagte ich stolz.

Und der Büffel legte sich im Gras nieder und ließ mich, ganz sanft gemacht vom guten Fraß, sanft von seinem Rücken ins Gras rollen. Dort lag ich herrlicher als im frischüberzogenen Bett, und dort, wo ich lag, schlief ich auch gleich ein und schlief wie im Arm meiner Seele, so ruhig und beglückt.

Damit endete mein Märchen dieser Nacht, der dritten heiligen Nacht. Und da es mich so zufrieden gemacht hatte, beschloß ich, vor der vierten Nacht nicht mehr davon zu laufen und heute am Schreibtisch auf meiner Veranda ruhig den Abend und den Beginn der vierten heiligen Märchennacht zu erwarten. Ich war aber, als ich meine Seele eingeatmet hatte, auch jung geworden und war nicht mehr ein verhutzeltes Männchen von dreihundert Jahren. In meiner ursprünglichen Gestalt bin ich am andern Morgen, wie das bei Märchen immer so einfach zugeht, statt im Gras in meinem eigenen Bette aufgewacht im Gasthaus Papandajan zu Garoet. Ich kann aber, da ich gut geschlafen habe, gar nicht sagen, wie mich das Gras heimgebracht hat, ob es bis ans Gasthaus mit mir lief, oder ob der Büffel so freundlich war, mich zu Bett zu bringen. Das ist auch ganz einerlei. Die Hauptsache ist, daß ich zwei große Dinge erlebt hatte: Gold wachsen hören und sehen und Gras wachsen hören und sehen. Aber das Letztere war entschieden das Schönere gewesen.

Das wirst Du auch finden, liebe Lore, wenn Du gut im Herzen aufgehorcht hast auf das, was ich Dir hier erzählte.

Auf Wiedersehen! Dein Märchenonkel

Bd. 93 *Geschichte vom braven Kasperl und dem Annerl*, Clemens Brentano, Bd. 94 *Geschichten aus dem Wienerwald*, Ödön v. Horváth, Bd. 95 *Glanz und Elend der Kurtisanen*, Honore de Balzac, Bd. 96 *Glück und Unglück der berühmten Moll Flanders*, Daniel Defoe, Bd. 97 *Götz von Berlichingen*, Johann Wolfgang v. Goethe, Bd. 98 *Gullivers Reisen*, Jonathan Swift, Bd. 99 *Heidis Lehr und Wanderjahre*, Johann Spyri, Bd. 100 *Heinrich von Ofterdingen*, Novalis, Bd. 101 *Hiob Roman eines einfachen Mannes*, Joseph Roth, Bd. 102 *Immensee*, Theodor Storm, Bd. 103 *Iphigenie auf Tauris*, Johann Wolfgang v. Goethe, Bd. 104 *Italienische Märchen*, Clemens Brentano, Bd. 105 *Ivannhoe*, Walter Scott, Bd. 106 *Jahrmarkt der Eitelkeiten*, William Makepaece Thackeray, Bd. 107 *Jane Eyre*, Charlotte Brontë, Bd. 108 *Jugend ohne Gott*, Ödön v. Horvath, Bd. 109 *Jürg Jenatsch*, Conrad Ferdinand Meyer, Bd. 110 *Kabale und Liebe*, Friedrich v. Schiller, Bd. 111 *Kasimir und Karoline*, Ödön v. Horvath, Bd. 112 *Kinder- und Hausmärchen*, Gebrüder Grimm, Bd. 113 *Kleiner Mann, was nun*, Hans Fallada, Bd. 114 *König Alkohol*, Jack London, Bd. 115 *Krambambuli*, Marie Ebner-Eschenbach, Bd. 116 *Lausbubengeschichten*, Ludwig Thoma, Bd. 117 *Lavinia - Pauline - Kora*, George Sand, Bd. 118 *Leben und Lüge*, Detlev von Liliencron, Bd. 119 *Lebensansichten des Katers Murr*, ETA Hoffmann, Bd. 120 *Lenz. Der hessische Landbote*, Georg Büchner, Bd. 121 *Lieutenant Gustl*, Arthur Schnitzler, Bd. 122 *Lord Jim*, Joseph Conrad, Bd. 123 *Luise*, Johann Heinrich Voß, Bd. 124 *Madame Bovary*, Gustave Flaubert, Bd. 125 *Märchen*, Wilhelm Hauff, Bd. 126 *Maria Stuart*, Friedrich v. Schiller, Bd. 127 *Max Havelaar*, Multatuli, Bd. 128 *Meister Floh*, ETA Hoffmann, Bd. 129 *Michael Kohlhaas*, Heinrich v. Kleist, Bd. 130 *Minna von Barnhelm*, Gotthold Ephraim Lessing, Bd. 131 *Moby Dick*, Hermann Melville, Bd. 132 *Nathan, der Weise*, Gotthold Ephraim Lessing, Bd. 133-1 und 133-2 *Nils Holgersson wunderbare Reise*, Selma Lagerlöf, Bd. 134 *Niels Lyne*, Jens Peter Jacobsen, Bd. 135 *Nußknacker und Mausekönig*, ETA Hoffmann, Bd. 136 *Oliver Twist*, Charles Dickens, Bd. 137 *Onkel Toms Hütte*, Herriett Beecher Stowe, Bd. 138 *Peter Schlemihls wundersame Geschichte*, Adalbert v. Chamisso, Bd. 139 *Peterchens Mondfahrt*, Gerdt v. Bassewitz, Bd. 140 *Pinocchio*, Carlo Collodi, Bd. 141 *Reinecke Fuchs*, Johann Wolfgang v. Goethe, Bd. 142 *Rheinmärchen*, Clemens Brentano, Bd. 143 *Rinaldo Rinaldini*, Christian August Vulpius, Bd. 144 *Robinson Crusoe*; Daniel Defoe, Bd. 145 *Romeo und Julia*, William Shakespeare Bd. 146 *Schach von Wuthenow*, Theodor Fontane, Bd. 147 *Schachnovelle*, Stefan Zweig, Bd. 148 *Schatzkästlein des rheinischen Hausfreundes*, Johann Peter Hebel, Bd. 149 *Schelmuffskys Reisebeschreibung*, Christian Reuter, Bd. 150 *Schloss Gripsholm*, Kurt Tucholsky, Bd. 151 *Siebenkäs*, Jean Paul, Bd. 152 *Sternstunden der Menschheit*, Stefan Zweig, Bd. 153 *Tao te king*, Laotse, Bd. 154 *Till Eulenspiegel*, Hermann Bote, Bd. 155 *Tolldreiste Geschichten*, Honorè de Balzac, Bd. 156 *Tom Jones, Geschichte eines Findelkindes*, Henry Fielding, Bd. 157 *Tom Sawyers Abenteuer und Streiche*, Mark Twain, Bd. 158 *Troquato Tasso*, Johann Wolfgang v. Goethe, Bd. 159 *Traumnovelle*, Arthur Schnitzler, Bd. 160 *Trost der Philosophie*, Boethius, Bd. 161 *Über den Umgang mit Menschen*, Adolph Freiherr v. Knigge, Bd. 162 *Uli der Knecht*, Jeremias Gotthelf, Bd. 163 *Uli der Pächter*, Jeremias Gotthelf, Bd. 164 *Ungeduld des Herzens*, Stefan Zweig, Bd. 165 *Ut oler Welt*, Wilhelm Busch, Bd. 166 *Vater Goriot*, Honorè de Balzac, Bd. 167 *Väter und Söhne*, Ivan Sergejeviç Turgenev, Bd. 168 *Verlorene Illusionen*, Honorè de Balzac, Bd. 169 *Von der Freiheit eines Christenmenschen*, Martin Luther – Bd. 170 *Von der Ursache, dem Prinzip und dem Einen*, Bruno Giordano, Bd. 171 *Vor Sonnenuntergang*, Gerhard Hauptmann, Bd. 172 *Walden oder Leben in den Wäldern*, Henry D. Thoreau, Bd. 173 *Wilhelm Meisters Lehrjahre*, Johann Wolfgang v. Goethe, Bd. 174 *Wilhelm Meisters Wanderjahre*, Johann Wolfgang v. Goethe, Bd. 175 *Wilhelm Tell*, Friedrich v. Schiller